로크미디어가
유혹하는
재미있는 세상

ROK
MEDIA
로크미디어

위대한 항해 2

2023년 5월 16일 초판 1쇄 인쇄
2023년 5월 19일 초판 1쇄 발행

지은이 이윤규
발행인 강준규

기획 이기헌 왕소현 박경무 강민구 조익현
책임편집 최전경
마케팅지원 이원선

발행처 (주)로크미디어
출판등록 2003년 3월 24일
주소 서울시 마포구 마포대로 45 일진빌딩 6층
Tel (02)3273-5135 Fax (02)3273-5134
홈페이지 rokmedia.com E-mail rokmedia@empas.com

ⓒ 이윤규, 2023

값 9,000원

ISBN 979-11-408-1031-4 (2권)
ISBN 979-11-408-1029-1 04810 (세트)

위대한 항해

이윤규 대체역사 소설

❋ 선택

CONTENTS

1장

손인석이 바로 질문했다.

"무엇이 다르다는 말이지?"

"대원군은 우선 척족이 아닙니다."

장병익이 나섰다.

"국왕의 부친이니 당연히 아니지. 그런데 누구도 알고 있는 사실을 거론한 까닭이 있겠지?"

"그렇습니다. 대원군은 세도정치를 한 것도 아닙니다. 엄연히 조 대비의 지시로 섭정하고 있는 것입니다. 물론 섭정기간이 길어지며 문제가 되고 있지만 사리사욕을 채우지는 않았습니다. 반면에 그의 척족들은 사정이 전혀 다릅니다."

장병익이 즉각 말을 받았다.

"물론이지. 대원군이 물러나면서 민씨의 세도가 시작되었잖아. 그것도 최악의 부정부패를 저지르며 나라를 망하게 만들었어."

"맞습니다. 그래서 내일의 작전이 무엇보다 중요한 것입니다."

대진의 설명이 끝나자, 손인석이 지금까지의 이야기를 정리하기 위해 나섰다.

"우리는 지난 며칠간 조선의 상황을 예의 주시했습니다. 이전 역사와는 다른 상황이 전개될 수도 있지 않을까 해서지요. 허나 역사는 달라지지 않고 최악으로 치닫고 있습니다. 그래서 나는 계획된 작전을 실시할 것을 주문합니다. 이 점에 이의가 있는 분이 있습니까?"

참석자들이 이구동성 대답했다.

"없습니다."

그런 참석자들을 돌아본 손인석은 이대진에게 지시했다.

"이 과장은 내일 새벽 진행될 작전 상황을 점검하도록 해. 우리와 조선의 명운이 걸린 일이야. 그러니 투입될 대원들의 정신교육도 잊지 말도록 실시하게."

"예, 알겠습니다."

운현궁 노안당.

밤이 늦어서야 사람들이 돌아갔다.

그들이 돌아가고 나서도 대원군은 바로 잠자리에 들지 못했다. 머릿속에서 수많은 생각들이 수없이 떠올랐다 가라앉았다.

대원군이 탄식했다.

"하아! 큰일이구나. 내가 물러나면 탐학한 처남들의 세상이 될 것이다. 그러면 조선 백성들은 또다시 학정에 시달리게 된다. 그런 사정을 어떻게 그냥 두고 볼 수 있단 말인가?"

대원군이 이를 갈았다.

"으득! 아무리 권력이 좋다고 해도 그렇지, 처남들이 이럴 줄은 몰랐다. 더구나 주상이 이렇게 강력하게 나올 거라고는 상상도 못 했다."

이러면서 자책했다.

"모두가 중전을 잘못 간택한 내 탓이다. 척족이 별로 없는 처가의 여식이고 조신한 성품으로 보여서 간택했다. 그런 중전이 알고 보니 탐욕의 화신이었어."

그렇게 한참 한탄하고 나니 대원군의 머릿속이 미래에 대한 걱정으로 들어찼다.

"그나저나 어떻게 풀어 나가야 최선일까? 주상의 의지가 저렇게 강력하니 내가 잠시 뒤로 물러서야 하나. 아니면, 아니면……."

대원군은 생각을 잇지 못했다.

그런 대원군의 머릿속에는 군을 동원하면 어떨까 하는 생각이 맴돌았다. 잠시 말을 잇지 못하던 대원군이 다시 한숨을 내쉬었다.

"하아! 참으로 답답하구나. 답답해."

혼자서 수없이 독백했다. 몇 번이고 머릿속으로 계획을 세우고 또 세웠으나 어느 경우도 쉬이 결정할 수가 없었다.

밤새 대원군은 고심을 거듭했다. 그러던 대원군이 새벽이 다 되어서야 겨우 잠이 들었다.

그리고 바로 그 시각.

동해 강릉 앞바다에 정박해 있는 백령도에서 2대의 V-22가 날아올랐다. 그렇게 날아오른 V-22는 그대로 백두대간을 넘어 서쪽을 날아갔다.

조선의 밤은 조용하다.

별빛을 제외하면 온천지가 암흑이 된다. 한양도 통행금지를 알리는 인경(人定)이 끝나면 순라군의 딱따기(밤에 야경을 돌 때 서로 마주쳐서 소리를 내는 두 짝의 나무토막) 소리만이 울릴 뿐 사방이 조용하다.

그런 한양의 오경(五更).

초겨울의 오경은 여름보다 더 밤이 깊다. 일출과 함께 등

청하는 관리들도 아직 일어나지 않은 그 시각, 이상한 소리
가 들려왔다.

처음에는 희미하게 들리던 소리는 이내 조용한 도성 전체
로 퍼졌다. 밤새 뒤척이던 대원군은 잠결에 들리는 소리에
놀라 벌떡 일어났다.

타! 타! 타! 타!

행랑에서 잠을 자던 노복이 소리에 놀라 방을 뛰쳐나왔다.
노복은 소리의 근원을 몰라 허둥대다가 하늘을 올려다보고
는 입을 딱 벌렸다.

"아! 아! 저, 저게 대체 뭐야?"

소리는 점점 더 크게 들렸다. 그 소리에 운현궁의 일을 돕
는 서생과 병사도 마당으로 몰려들었다.

이때 대원군의 호통이 들렸다.

"이게 대체 어디서 들리는 소리냐?"

서생 한 명이 소리쳤다.

"국태공 저하! 어서 나와 보십시오! 이상한 물체가 하늘에
떠 있습니다!"

"뭐라! 이상한 물체가 떠 있어?"

"예, 저하. 생전 처음 보는 괴물이 눈에서 빛을 뿜고 있습
니다."

누워 있던 대원군은 그 말을 듣고 급히 망건을 쓰고서 방
을 나왔다. 대청을 나온 대원군은 갑자기 쏟아지는 불빛에

눈을 뜰 수가 없었다. 그뿐만이 아니라 굉음도 훨씬 크게 들렸다.

대원군이 눈도 뜨지 못할 정도로 밝은 불빛에 몸을 움직이지 못할 때.

하늘에서 무언가가 떨어졌다.

최루탄이었다.

펑! 펑!

"콜록! 콜록!"

"으아! 이게 대체 뭐야!"

마당에 있던 사람들이 비명을 지르며 혼비백산했다. 대원군이 놀라 마당을 내려다보니 하인과 병사, 서생이 기침해대며 괴로워하고 있었다.

그리고 어느 순간.

이상한 냄새가 훅 다가왔다.

갑자기 안면 전체가 화끈해졌다. 그러고는 고춧가루가 들어간 것처럼 눈이 맵고 구토가 나면서 숨을 제대로 쉴 수가 없어졌다.

"우욱! 이게 대체 뭐야?"

대원군은 그 자리에 주저앉았다. 그리고 자신도 모르게 비볐는데 그 순간 더한 지옥을 맛보았다.

"으으! 쿨럭! 쿨럭!"

지상이 초토화되기까지 불과 몇십 초도 걸리지 않았다. 그런 지상으로 2개의 줄이 내려왔으며 그 줄을 이용해 어떤 이들이 하강했다. 다름 아닌 대원군을 납치하기 위해 암습한 특전대원들이었다.

지상에 착지한 특전대원들은 마당을 가로질렀다. 누구의 간섭도 받지 않은 대원들이 대청에서 괴로워하는 대원군을 껴안았다.

"누! 누구냐? 대체 어떤 자들이기에 이 야심한 시각에 이런 짓을 벌이는 것이냐?"

고통 속에서도 대원군이 호통쳤다. 그런 대원군에게 특전대원 한 명이 다가갔다.

"우리는 마고부대원입니다."

"마고부대가 뭐야?"

"자세한 사실은 후에 알아보시면 됩니다. 지금은 잠시 모시려고 하니 불편해도 참으십시오. 대원군을 모셔라!"

"예!"

대원군의 옆구리에 팔을 두른 특전대원이 바짝 들어서 이동했다. 대원군이 끌려가지 않으려고 온몸을 뒤틀며 소리쳤다.

"놔라! 놔라! 이놈들아!"

대원군의 호통에 괴로워하던 몇 명이 몸을 일으켰다. 그들은 제대로 눈도 뜨지 못한 상황임에도 대원군을 구하기 위해 달려들었다.

퍽!

"으악!"

퍽!

"아악! 괴물이 사람을 죽인다!"

특전대원들은 전부 방독면을 착용했다. 그런 모습이 조선인이 봤을 때는 괴물이었다.

특전대원들에게 달려든 사내들은 천하장안이었다. 하지만 그것은 용감했으나 무모한 행동으로, 불을 보고 무작정 달려드는 부나방이나 다름없었다.

천하장안은 간단히 제압되었다.

그사이 특전대원은 중앙을 돌파해서는 내려진 줄에 도착했다. 대원군을 양쪽에서 잡은 특전대원 두 사람이 동시에 1개의 줄을 잡았다.

특전팀장이 헤드셋으로 지시했다.

"당겨 올려라!"

동시에 헬기에 부착된 윈치가 돌아가면서 줄을 그대로 끌어올렸다. 그렇게 올라간 대원군을 대기하고 있던 대원이 가뿐하게 들어 올렸다.

특전팀장이 주저 없이 지시했다.

"철수!"

지상에서 내려와 있던 특전대원들이 신속히 이동했다. 이러는 사이 V-22에서는 몇 개의 줄이 더 내려졌고 특전대원들은 그 줄을 타고 솟구쳤다.

지상에서 몇 사람이 그 장면을 봤다. 그들은 처음 보는 장면에 놀라 눈이 쓰린 것도 잊어버렸다.

"아! 아! 하늘에서 괴물 군대가 내려와 우리 주인님을 잡아간다!"

"아! 대감께서 하늘로 승천하셨다!"

이들의 외침에 바닥을 기던 몇 사람이 다시 정신을 차렸다. 그러나 그들은 하늘에서 일어난 일을 제대로 보지 못했다.

눈도 뜨지 못할 정도로 밝았던 서치라이트가 갑자기 꺼졌다. 이어서 문이 닫히면서 V-22의 로터 블레이드가 서서히 전면으로 돌려졌다.

그러던 어느 순간. 터보프롭(Turboprop)이 고정익기의 굉음을 내면서 동쪽으로 날아갔다.

잠시 후.

여명이 밝아 오는 노안당의 마당으로 대원군의 부인이 허겁지겁 달려왔다. 그러나 노안당의 일대에는 아직 메케한 냄새가 남아 있었다.

"콜록! 콜록!"

생전 처음 접한 최루가스에 대원군의 부인은 기침콧물로 곤욕을 치렀다. 그렇게 한동안 정신을 못 차리던 그녀는 손수건으로 입을 가리며 확인했다.

"천 서방, 어떻게 된 것이냐? 우리 대감께서 하늘로 올라가셨다니?"

천희연이 그녀 앞에서 무릎을 꿇었다. 그러고는 가쁜 숨을 몰아쉬며 상황을 설명했다.

"……그렇게, 쿨럭! 그렇게 해서 하늘로 사라지셨사옵니다."

대원군 부인의 다리에 힘이 풀렸다. 휘청대는 그녀를 옆에 있는 시종들이 급히 부축해 넘어지는 걸 막았다.

그녀의 입에서 탄식이 터져 나왔다.

"아! 아! 이게 대체 어찌 된 조화속이란 말이냐! 세상천지에 사람이 어떻게 하늘로 사라져?"

그녀는 몇 번이나 탄식을 했다. 그러나 누구도 처음 당한 현실에 대해 말을 할 처지가 아니었다.

그녀가 지시했다.

"청지기는 지금 즉시 대궐로 달려가 이런 사실을 주상께 전하도록 하게."

대기하고 있던 청지기가 몸을 숙였다.

"예, 마님."

대답을 마친 청지기가 급히 달려 나갔다.

대원군은 정신을 차리지 못했다.

최루가스가 독해 눈을 뜨기 어려웠다. 게다가 하늘을 날고 있다는 두려움에 몸이 절로 떨렸다.

그래도 처음보다 진정되었으나 어떻게 말문을 열어야 할지 몰랐다. 그런 대원군에게 특전팀장이 수통을 건넸다.

"손을 내미세요. 물을 드릴 터이니 그 물로 얼굴을 씻으십시오. 그러면 눈을 뜨기가 한결 편할 겁니다."

대원군은 주저했다.

"해치지 않을 것이니 걱정하지 마세요. 해치려고 생각했다면 진즉에 정리했지 이렇게 모셔 가지도 않았을 겁니다."

그 말을 들은 대원군은 주춤거리다가 손을 내밀었다. 특전팀장이 물을 따라 주며 주의를 주었다.

"얼굴에 문지르면 더 따갑습니다. 그러니 흘려 씻어야 합니다."

특전팀장의 말대로 몇 번 물을 받아 얼굴과 눈 주변을 씻었다. 그러자 화끈거림이 훨씬 줄어들면서 정신을 수습할 수 있었다.

"손수건으로 살짝 눌러 가며 물기를 닦으세요."

대원군이 조심스럽게 얼굴을 닦으며 질문했다.

"그대들은 대체 누구관데 나를 끌고 가는 것이오?"

"조금 전에 말씀드렸는데요? 우리는 마고부대라고요."

"마고부대가 대체 어느 나라 부대요? 혹시 하늘에서 내려온 천군이오?"

"천군이라고요?"

"그렇지 않으면, 인간이 어떻게 하늘을 날 수가 있단 말이오? 그리고 그대의 얼굴은 왜 그렇게 기묘하게 생겼소?"

"아! 이거요?"

특전팀장이 방독면을 벗었다.

대원군이 흠칫하며 놀랐다.

"아니! 지금까지 가면을 쓰고 있었던 거요?"

특전팀장이 고개를 저었다.

"잘못 아셨습니다. 이건 가면이 아니라 방독면이라고 하는 방어 도구입니다. 이 방독면을 쓰면 방금 대원군처럼 독무(毒霧)에 고생하지 않아도 됩니다."

대원군이 큰 관심을 보였다.

"방어 도구라고요? 정녕 그 도구만 쓰면 아무 이상이 없다는 거요?"

"그렇습니다."

"놀랍구나. 마시면 가슴이 터져 죽을 것만 같던 독무를 이겨 낼 수 있다니."

대원군은 잠시 방독면을 보며 신기해했다. 그러다 무언가를 생각하고는 흠칫 몸을 떨었다.

대원군이 기내를 둘러봤다.

그렇게 둘러본 기내에는 특전대원들이 앉아 있었다. 다시 시선을 돌리니 온 사방이 이상한 물건들 천지였다. 둥근 형태의 실내에는 생전 처음 보는 형태의 구조물들이 무수히 부착되어 있었다.

이런 대원군의 시선이 특전팀장에서 멈추었다.

대원군이 조심스럽게 질문했다.

"정녕 우리가 하늘을 나는 게 맞소?"

"그렇습니다. 바로 옆에 창문이 있으니 밖을 내다보시지요. 지상이 내려다보이실 겁니다."

대원군이 급히 몸을 돌렸다.

창을 통해 여명에 따라 밝아지고 있는 대지가 아스라이 내려다보이고 있었다.

그런데 지금의 위치가 하늘이라고 생각하는 것과 실제로 하늘에서 내려다보는 느낌은 전혀 달랐다.

입에서 절로 탄성이 나왔다.

"아! 아!"

조선에서 하늘을 날아 본 사람이 없다.

애초에 대부분은 그런 생각조차 하지 못하고 살아가고 있다. 그런데 자다가 갑자기 붙들려 온 그곳이 하늘이었던 것이다.

대원군은 넋이 나간 듯 말이 없었다.

그런 그의 몸은 두려움에 저절로 잘게 떨렸다. 한동안 공포심에 말을 못 하던 대원군이 조심스럽게 입을 열었다.

"그대들이 마고부대라고 했는데, 대체 어디서 온 부대요?"

"잠시만 참아 주시지요. 지금 설명해 드려 봐야 이해를 못하실 겁니다. 그리고 모든 사정은 잠시 후면 절로 아시게 될 됩니다."

묻고 싶은 것이 너무도 많았다. 그러나 특전팀장이 말을 딱 자르니 더는 추궁하기가 어려웠다.

"……알겠소. 그런데 지금 어디로 가고 있소?"

"우리들의 본거지로 갑니다."

"본거지가 어디인지 알려 주실 수 있겠소?"

특전팀장이 고개를 저었다.

"미안하지만 지금은 무엇도 알려고 하지 마십시오. 목적지에 도착하시면 알고 싶지 않아도 절로 아시게 될 겁니다."

"알겠소."

특전팀장이 다시 말을 자르자 대원군도 더 이상의 질문을 포기하고는 눈을 감았다.

"잘 생각하셨습니다. 도착하면 정신이 없어지실 터이니 지금은 잠시 휴식하시는 것이 좋습니다."

"……."

눈을 감고 있던 대원군은 머릿속으로 이런저런 생각을 했다. 그러다 어느 순간 슬며시 눈을 뜨고서 아래를 내려다봤다.

대원군이 깜짝 놀랐다.

"저건 바다가 아닌가? 이보시오. 지금 내려다보이는 것이 바다가 맞소?"

"그렇습니다. 우리는 지금 조선의 중심을 가로질러 동해에 접어들었습니다."

대원군의 눈이 더없이 커졌다.

"아니, 어떻게 이 짧은 시간에 나라를 가로지른단 말씀이오? 한양에서 동해까지 가려면 열흘이 걸리는 먼 거리인데."

특전팀장은 미소를 지었다.

"궁금한 점이 많으실 겁니다. 그러나 저의 대답은 조금 전과 다르지 않습니다. 기다리십시오."

"끄응!"

답답했다. 그러나 지금으로선 달리 어떻게 할 방법이 없었다. 그래서 다시 눈을 감고 때를 기다렸다.

그렇게 얼마나 흘렀을까.

"착륙 5분 전! 탑승자들은 안전벨트를 매기 바랍니다."

갑작스러운 소리에 대원군이 눈을 떴다. 그런데 사람은 보이지 않고 같은 소리만 반복되었다.

특전팀장의 안전벨트를 매어 주었다.

대원군이 급히 소리쳤다.

"이게 대체 어디서 들리는 소리요? 그리고 왜 나를 묶는 것이오?"

"안전을 위해 벨트를 매는 겁니다. 그러니 안심하고 잠시 기다려 주십시오."

대원군은 특전팀장의 목소리에 호의가 들어 있다는 것을 진즉에 알았다. 그런데도 갑자기 몸을 결박하니 절로 두려움이 치솟았다.

"이걸 꼭 매야 하오?"

"예, 그렇습니다. 보시는 대로 우리도 전부 벨트를 맸지 않습니까?"

솔직히 모든 상황이 두려웠다.

독무부터 시작해 하늘을 나는 것과, 이상한 옷을 입고 있는 마고부대도 두려웠다. 그런데 갑자기 자신의 몸을 구속하니 그 두려움이 배가되었다.

대원군이 눈을 질끈 감았다.

'그래, 참자. 내가 조선 군주의 아비인 국태공이 아니냐. 그런 내가 이 정도의 일로 두려움에 사로잡힐 수는 없다. 이들이 나를 죽이려고 했다면 여기까지 끌고 오지도 않았을 거다. 그렇다는 건 이들도 나에게 얻을 것이 있다는 뜻이야.'

산전수전 다 겪은 대원군이다.

그런 대원군답게 짧은 시간에 상황을 파악하는 능력도 탁월했다. 이런 생각을 하는 순간 불안해하던 표정이 대번에 달라졌다.

그 모습을 본 특전팀장은 감탄했다.

'호오! 역시 대원군은 다르구나. 조금 전까지만 해도 얼굴에 두려움이 가득했었다. 그러던 사람이 생각을 고쳐먹었는지 두려움을 한순간에 떨쳐 버리고 의연해졌어.'

그리고 몇 분 후.

V-22가 백령도에 안착했다. 특전팀장이 대원군의 안전벨트를 풀어 주며 사과했다.

"답답하게 해 드려서 죄송합니다."

"아니오. 안전을 위한 규정이 그렇다면 거기에 따라야 할 밖에."

"이해해 주셔서 고맙습니다."

윙!

V-22의 후미가 천천히 열렸다.

동시에 찬 바람이 기내로 휘몰아쳐 들어왔다. 그 바람과 함께 대진과 참모들이 안으로 들어왔다.

대진이 먼저 특전팀장을 치하했다.

"이 대위, 고생 많았어."

이번 임무에 투입된 특전대는 송도영의 팀이 아니었다. 이인호가 고개를 저었다.

"아닙니다. 예상보다 저항이 적어서 인명피해 없이 임무를 완수할 수 있었습니다."

대진이 확인했다.

"최루탄의 효과가 컸지?"

"상상 이상이었습니다. 나중은 어떨지 몰라도 당분간은 작전 수행의 필수품이 될 것 같습니다."

"그랬을 거야. 어쨌든 고생 많았어."

"감사합니다."

대진이 대원군을 바라봤다.

'역시 체구가 상당히 작구나. 이 정도면 키도 160을 겨우

넘길 정도겠어.'

대진이 거수경례를 했다.

"처음 뵙겠습니다. 저는 마고부대 해병여단 작전과장 이대진 소령입니다."

대원군은 거수경례에 얼떨떨해졌다. 그러나 이내 인사 형식이란 사실을 눈치채고는 답례를 했다.

"처음 뵙겠소. 나는 조선국 국태공 이하응이오."

대진이 고개를 조금 숙였다.

"많이 놀라셨을 겁니다. 이렇게 갑자기 모시게 되어 송구합니다."

"도대체 무슨 일이기에 나를 데리고 온 것이오?"

"우선 내리시지요. 대감을 기다리는 우리 부대 지휘관들이 많습니다."

마고부대는 경칭에 대해서도 논의했다.

자신들처럼 대원군도 직위 뒤에 '님'을 붙이자는 의견이 많았다. 그러나 조선에 들어갔을 때를 감안해 대감과 영감 등을 사용하기로 합의했다.

"알겠소이다."

대원군이 밖으로 나오자마자 놀랐다.

그는 자신이 내린 곳이 당연히 육지인 줄로만 생각했다. 그런데 정작 내려 보니 의외의 장면이 펼쳐 있었다.

대원군이 주변을 두리번거렸다.

"여기가 대체 어디요?"

"우리가 서 있는 이곳은 마고부대 기함입니다."

대원군이 깜짝 놀랐다.

"기함이라니! 그러면 내가 지금 서 있는 이곳이 배라는 말씀이오?"

"그렇습니다."

대진이 손으로 사방을 죽 가리켰다.

"저 끝에서부터 저쪽까지. 그리고 이쪽부터 저기 저 끝까지가 전부 같은 함정입니다."

대원군의 턱이 떨어졌다.

"……믿을 수가 없소이다. 어떻게 배가 섬같이 클 수가 있단 말이오?"

놀라며 주변을 둘러보던 대원군이 갑자기 소스라치게 놀랐다. 대원군이 발로 바닥을 두드려 보고서 소리쳤다.

"아니! 이 모두가 쇠로 만들어졌단 말인가?"

대진이 대답했다.

"그렇습니다. 우리 마고부대 전함들은 전부가 쇠로 만들어졌습니다."

"아! 아! 보고도 믿을 수가 없구나. 어떻게 쇠가 물에 뜬단 말인가? 더구나 이토록 큰 배가 있다는 사실이 정녕 믿기지가 않구나."

대원군의 감탄은 끊이질 않았다. 하지만 이것은 시작에 불과했다.

대원군은 갑판에 도열되어 있는 V-22와 마린온의 기체를 보고서 격하게 놀랐다. 그리고는 주변에 떠 있는 마고부대 함정을 보고서 더 놀랐다.

대진은 대원군을 위해 기다려 주었다.

'충분히 놀라고 감탄하세요. 그래야 앞으로 진행될 협상에 진심을 갖고 임하게 될 겁니다. 이 주변에는 대원군께서 평생 들도 보도 못 한 것들 천지입니다.'

백령도의 함수아일랜드에는 마고부대 지휘부가 갑판을 내려다보고 있었다.

지휘부는 본래 갑판까지 내려가서 대원군을 영접하려 했다.

그러나 이런 의전을 대진이 적극 만류했다.

대진은 조선의 개혁을 위해 대원군과 손잡아야 하는 것에는 동의했다. 그러나 마고부대와 조선의 미래를 위해서 대원군에게 휘둘려서는 안 된다는 생각을 갖고 있었다.

대원군은 능수능란한 정치인이다.

자신의 정치적 입지를 위해서라면 언제라도 마고부대를 이용할 수 있는 사람이었다. 이런 대원군을 상대하기 위해서라도 철저하게 마고부대의 위상을 지킬 필요가 있다고 생각했다.

대진의 의견을 상대적으로 젊은 참모들이 적극 동조했다. 이어서 지휘부가 받아들이면서 함수아일랜드에서 대기하고 있었다.

손인석이 고개를 끄덕였다.

"역시 내려가지 않은 것이 맞았어. 대원군의 저런 모습을 우리가 봐서 좋을 게 없어. 당사자인 대원군도 얼마나 껄끄러웠겠어."

부사령관 이기운도 동조했다.

"놀라고 허둥대는 모습을 많은 사람이 봤다는 것 자체가 좋지 않겠지요. 저렇게 잠깐이나마 우리가 보유한 기술력을 살펴보는 것이 도움이 될 겁니다."

손인석이 우려했다.

"그런데 우리의 제안을 쉽게 받아들일까?"

장병익이 나섰다.

"받아들이게 만들어야지요. 우리가 힘이 없어서 협상하는 것이 아니란 점도 분명히 인식시켜야 하고요. 아마도 우리가 준비한 것들을 보거나 확인하면 대원군도 우리와의 공조를 절대 거부하지 못할 겁니다."

모두가 고개를 끄덕였다. 그런 사람들의 표정에는 하나같이 잘되기를 바라는 염원이 담겨 있었다.

대원군은 갑판 곳곳을 둘러봤다.

전부가 생전 처음 보는 신기한 물건들이어서 그의 발걸음이 절로 움직여졌다. 물론 그가 이렇게 행동할 수 있는 것은 대진이 일부러 제지하지 않은 덕분이었다.

대진은 그가 움직이는 대로 따랐다.

그러고는 그가 쏟아 내는 질문에 최대한 상세하게 설명했다. 그러나 자신의 삶과는 워낙 격이 다른 물건들이어서인지 대원군은 대진의 설명을 거의 이해하지 못했다.

　그렇게 얼마를 지나서였다.

　대원군이 한숨을 내쉬었다.

　"하아! 도무지 모르겠구나. 아무리 설명을 들어도 제대로 이해할 수가 없어."

　"처음이어서 그러실 겁니다. 지금 보고 있는 물건들을 제대로 알아보시려면 그만큼 기본 지식을 갖추셔야 합니다."

　"그렇겠소이다. 알량한 내 지식으로는……."

　대진이 권했다.

　"갑판은 대충 둘러보셨으니 그만 가시지요. 우리 부대의 최고지휘관들께서 기다리고 계십니다."

　대원군이 그제야 당황했다.

　"이런, 내가 기물(奇物)에 현혹되어 잠시 현실을 망각하고 있었구나. 미안하오이다."

　"아닙니다."

　"어서 앞장서시오."

　"예, 그럼."

　대진이 대원군을 함수아일랜드로 안내했다. 그러고는 버튼을 눌러 엘리베이터의 문을 열었다.

　"타시지요."

대원군이 주춤했다.

"이, 이게 뭐요?"

"사람이나 물건을 상하로 이동시키는 기계장치입니다. 이 장치를 타셔야만 지휘부와 만나실 수 있습니다."

"그, 그럼 탑시다."

대원군은 좁은 공간에 들어가야 한다는 것이 찜찜했다. 그럼에도 타야 한다는 권유에 탔는데 갑자기 몸이 떠오르는 느낌이 들어 깜짝 놀랐다.

대진이 설명했다.

"기계가 상승하면서 관성력이 중력과 반대로 작용해 무중력 상태가 되는 현상이니 걱정하지 않으셔도 됩니다."

"으음!"

띵!

도착했다는 신호와 함께 문이 열렸다.

대진이 먼저 내려서 권했다.

"내리시면 됩니다."

대원군이 심호흡하고는 엘리베이터에서 내렸다. 그러자 얼마 떨어지지 않은 곳에 지휘부가 대기하고 있었다.

이들 중 손인석이 먼저 나섰다.

그는 자신을 소개하며 손을 내밀었다.

"처음 뵙겠습니다. 해군 제독 손인석입니다."

대원군은 순간 당황했다.

2장

　조선은 다른 사람의 몸에 손대는 것을 금기시해 왔다. 그런 대원군의 시각에서 손인석의 행동은 당황스러울 수밖에 없었다.

　대진이 설명했다.

　"제독님께서 손을 내민 것은 우리들의 인사인 악수라고 합니다. 그러니 대감께서는 편하게 손을 마주 잡으시면 됩니다."

　대원군이 주춤거리며 손을 내밀었다.

　"처음 뵙겠소이다. 나는 조선의 대원군 이하응이오."

　그렇게 두 사람은 악수를 나누었다.

　그런 뒤 손인석은 옆에 있는 지휘관들을 한 명씩 소개했다. 지휘관들은 자신을 소개하며 손을 내밀었고, 대원군은 그들 모두와 악수를 나누었다.

인사가 끝나자 대진이 나섰다.

"가시지요. 말씀을 나누기 위한 자리가 마련되어 있습니다."

대원군이 회의실로 안내되었다.

회의실에는 대원군을 배려해 자리가 배치되어 있었다. 전면에 4명이 마주 앉는 탁자가 놓였으며 그 뒤로 지휘관들이 앉는 의자가 놓여 있었다.

손인석이 권했다.

"이리로 앉으시지요."

대원군이 앉자 옆에 대진이 앉았다.

그 맞은편에 손인석과 해병여단장이 자리했다.

차가 나오기도 전에 대원군이 질문부터 했다.

"왜 나를 여기로 데리고 온 것이오? 그리고 그대들이 마고부대라고 했는데 대체 어느 나라 부대요?"

손인석이 대답했다.

"믿기 어려우시겠지만 우리는 다른 세상에서 왔습니다."

대원군은 흠칫했다. 그러나 이내 어이없는 표정을 지었다.

"무슨 말씀을 하는 거요? 다른 세상에서 왔다니요. 지금 그게 말이나 되는 소리요?"

"……."

손인석은 반박하지 않았다.

그 대신 대원군을 지긋이 바라보며 무언의 압박을 했다.

처음에는 말도 안 되는 소리라며 코웃음 치던 대원군도 손인석의 표정과 다른 지휘관의 모습을 보고는 조금씩 생각이 흔들렸다.

대원군이 대진에게 질문했다.

"정녕 그대들이 다른 세상에서 온 사람들이 맞는 거요?"

대진은 조금도 주저 없이 대답했다.

"그렇습니다. 우리는 다른 세상에서 넘어온 마고부대가 맞습니다. 그리고 앞에 계신 제독님은 우리 부대를 이끌고 있는 최고 지휘관입니다."

대원군이 고개를 저었다.

"말도 안 되는 소리. 어떻게 다른 세상에서 이리로 넘어올 수 있단 말이오?"

"그럼 대감께서는 오늘 경험하신 일들이 가능하다고 생각해 보신 적이 있습니까?"

"그, 그건……."

대진의 말이 거침없었다.

"이 시대는 이동수단이라고 해 봐야 말과 마차가 고작입니다. 아! 사람이 메는 가마도 있군요. 그런데 우리는 하늘을 나는 기체로 운현궁으로 가서 대감을 이리로 모셔 왔습니다. 그것도 조선의 시각으로는 한 시각도 되지 않아 조선을 가로질렀지요. 대감께서는 그런 일이 가능한지 생각해 보신 적이 있습니까?"

"……."

대원군은 대답을 못 하고 눈을 감았다. 아무리 생각해도 새벽부터 지금까지의 경험이 현실로 느껴지지 않을 정도로 충격의 연속이었기 때문이다.

대원군이 눈을 떴다.

"좋소. 그대들이 다른 세상에서 왔다고 칩시다. 그런데 왜 조선으로 온 것이오?"

손인석이 나섰다.

"누란의 위기에 처해 있는 조선을 구하기 위해서입니다."

대원군의 목소리가 높아졌다.

"지금, 조선을 구하러 왔다고 했습니까?"

"그렇습니다."

대원군이 냉정한 표정을 지었다.

"말도 안 되는 소리요. 우리 조선은 누구의 도움도 받지 않고 잘 살고 있소이다. 그런 조선이 왜 누란지위에 있다고 말씀을 하는지 도무지 이해가 되지 않는군요."

"대감께서는 조선이 잘 살고 있다고 말할 수 있을지 모릅니다. 그러나 우리가 보기에는 전혀 다릅니다. 지금의 조선은 앞도 보지 못하고 귀도 들리지 않는 중환자입니다. 제대로 환부를 치료하지 않으면 머잖아 죽을 중환자요."

손인석의 말에 대원군이 버럭 화를 냈다.

"그대는 말을 삼가시오! 아무리 다른 세상에서 왔다 해도 할 수 있는 말이 있고 하지 말아야 할 말이 있소이다."

그러자 대진이 나섰다.

"대감, 그런데 조선의 백성 모두가 잘 살고 있다는 말씀은 잘못된 것이 아닙니까?"

"그게 무슨 말씀인가? 모두가 잘 살고 있지는 않다니?"

"조선은 양반만 잘 사는 나라이지요. 그것도 일부 선택받은 양반만 그렇고요. 그런 양반들을 제외한 나머지 백성들은 그들을 위해 죽어 나가는 나라가 조선 아닙니까? 더구나 백성의 절반은 노비이기도 하고요."

대원군의 눈에서 불꽃이 일었다.

"지금 나와 말싸움을 하자는 겐가?"

대원군의 눈빛을 본 대진은 한발 물러섰다.

"그렇게 들리셨다니 죄송합니다."

손인석이 나섰다.

"하지만 우리도 괜히 이런 말씀을 드리는 것이 아닙니다."

"그러면 근거라도 있다는 겁니까?"

손인석이 고개를 끄덕였다.

"당연히 근거도 있고 명백한 증거까지 있습니다."

대원군이 흠칫했다.

"그게 정말입니까?"

"물론입니다. 그리고 우리가 다른 세상에서 왔다는 말을 드렸을 텐데요. 그 다른 세상이 조선의 미래라는 생각은 안해 보셨습니까?"

대원군의 눈이 커졌다.

"미래라고요?"

"그렇습니다, 미래."

대원군의 표정이 순식간에 변했다.

"……정녕, 우리 조선이 당장 망해도 이상하지 않을 정도로 엉망이란 말이오?"

손인석이 질책했다.

"몰라서 반문하시는 겁니까? 탐관오리들의 전횡은 거론하지도 않겠습니다. 대감께서는 초량왜관이 일본군에 장악된 지 오래라는 사실은 아십니까? 그것도 100여 명에 불과한 병력에 의해서요."

그 말에 대원군이 크게 당황했다.

"그 일은 여기서 왜 거론하는 거요?"

"답답해서 그렇습니다. 답답해서요. 나라에 외적이 침입해서 영토를 강점했습니다. 그럼에도 조선 조정은 손도 쓰지 못하고 있지 않습니까. 대감께서는 자국의 영토에서 일어난 이런 일조차 통제를 못하고 있는 나라가 정상이라고 생각하십니까?"

"……"

"아니면 설마, 부산이 한양에서 멀다고 그냥 내버려 두고 있는 건 아니겠지요?"

대원군의 얼굴이 벌게졌다.

"……그렇지는 않소이다."

"그럼 왜 놔두고 있는 겁니까? 설마 왜관은 조선 땅이 아니라고 생각하시는 건가요?"

"왜관도 당연히 조선의 땅이오."

대진이 슬쩍 나섰다.

"잠깐 말을 돌려 보겠습니다. 대감께서는 이번 최익현의 상소가 어떻게 전개될 거라고 예상하십니까?"

대원군이 크게 놀랐다.

"아니, 그대들이 그걸 어떻게 아시오?"

"대감, 지금 그게 중요한 일이 아니지 않습니까? 거듭 강조하지만 우리는 다른 세상에서 왔습니다. 앞으로는 우리로 인해 역사가 어떻게 변할지는 모르겠습니다. 하지만 지금 일어나고 있는 일 정도는 당연히 잘 알고 있습니다."

손인석의 말에 현실을 깨달았는지, 대원군이 잠시 입을 다물더니 한결 흥분이 가라앉은 표정으로 말했다.

"……그렇구려. 그걸 잠시 잊고 있었소."

"제 질문에 대한 대답을 해 보시지요."

"……후! 솔직히 쉽게 정리하기가 어렵소이다."

"혹시 잠깐 물러났다가 정국이 안정되면 복귀할 생각을 하고 계시는 건 아닌지요?"

대원군이 깜짝 놀랐다.

대원군은 며칠 동안 너무도 완강한 국왕의 태도를 보면서 많은 고심을 했었다. 그러다 일종의 타협책으로 잠깐 물러날 생각을 하고 있었다.

"대답을 못 하시는 것을 보니 그런 생각을 갖고 계셨나 봅니다."

대원군이 고개를 저었다.

"믿을 수가 없구나. 어떻게 누구에게도 말하지 않은 심중의 생각을 짚어 낼 수 있단 말인가?"

그러다 대원군이 크게 눈을 떴다.

"혹시 그것도……?"

대진이 고개를 끄덕였다.

"그렇습니다. 역사에 따르면 대감께서는 국왕과의 관계를 위해 정면 대결을 피하는 결정을 하셨습니다. 그래서 잠시 양주별장에 칩거하셨지요. 그리고 그 결정으로 대감의 섭정과 정치 인생이 끝장났고요."

대원군의 눈이 더없이 커졌다.

"내 정치 인생이, 그것으로 끝장났다고요?"

"그렇습니다. 잠시 분란을 피해 보겠다는 그 행동으로 영원히 끝나 버렸습니다."

"아아!"

대진의 설명이 이어졌다. 그런데 그 설명은 조금 전과 달리 대원군에 대한 질책성이었다.

"그런데 대감께서는 그대로 물러나지 않았습니다. 대감께서는 오랫동안 집요하게 복권을 시도하면서 국왕과 대립했지요. 심지어 다른 아들이나 손자를 군주로 만들기 위해 역모까지 획책했고요."

"내, 내가 역모까지……?"

"예, 그렇게 부자가 상잔하면서 가뜩이나 어려운 조선은 더 깊은 수렁으로 빠져들었고요. 여기에 국왕과 왕비의 비호를 받은 민씨들은 과거 안동 김씨의 세도보다 더 나라를 좀먹었지요."

대진의 설명은 한동안 지속되었다. 너무도 적나라한 설명에 대원군의 안색이 일그러졌다.

"그래서, 나 때문에 나라가 망했다는 건가?"

대진이 고개를 저었다.

"그렇지는 않습니다. 대감의 권력욕도 분명 문제이긴 합니다. 그러나 다행히 대감께서는 사리사욕을 위해 권력을 탐하지는 않았습니다. 그래서 섭정을 내려놓을 시간이 지났음에도 그것을 탓하는 사람이 거의 없었던 것이고요."

대원군이 가슴을 폈다.

"정확히 잘 봤소. 나는 내 개인의 사리사욕을 위해 권력을 휘두르지 않았소. 오직 왕실의 권위를 다시 세우고 나라를 부강하게 만들기 위해서 노력해 왔소이다."

대진이 대원군을 치켜세웠다.

"맞는 말씀입니다. 저희도 그런 사실을 기록을 통해 잘 알고 있습니다. 그래서 우리가 대감을 선택한 것이고요."

대원군이 이마를 찌푸렸다.

"그대들이 나를 선택했다고 했소?"

대진은 자신들의 의사를 명확히 밝혔다.

"그렇습니다. 조선에서 우리와 미래를 논의할 분을 찾아본 결과 대감이 최선이었습니다. 그래서 오늘 새벽 이리로 모셔 온 것이고요."

"최선이라면 차선도 있다는 말이오?"

그 질문에 대진은 답하지 않고 이야기를 계속했다.

"지금의 조선에서 대감과 또 다른 권력을 갖고 있는 세력은 왕비의 척족들입니다. 그런데 그들은 대감과는 완전히 궤를 달리하더군요."

"으음!"

"놀랍게도 그들에게 백성들의 삶은 안중에도 없었습니다. 오로지 자신들의 부귀영달을 위해 대감을 찍어 내려 하고 있지요. 그리고 역사에서도 민씨 일족은 대감이 실각하자마자 온갖 부정부패를 저질렀습니다. 놀랍게도 국왕까지도 거기에 가세했고요."

대원군이 다시 놀랐다.

"아니, 주상까지 가세했다고?"

"대놓고 매관매직을 자행했습니다. 일례로 한성판윤을 1년에 열 번이나 바꿨지요. 그것도 전부 매관매직을 해서요. 그런 매관매직에 국왕까지도 몇 번 가세했습니다."

대원군은 어이가 없었다.

"말도 안 되는 소리요. 다른 사람도 아닌 주상이 어떻게 매관매직을 한단 말인가?"

"안타깝지만 명백한 사실입니다. 그렇게 조선은 최고지도층이 타락했습니다. 더구나 개항 이후에는 자력갱생하지 않고 외세에 의지하려고만 했기 때문에 나라가 망한 겁니다. 그리고 그러한 단초가 대감의 퇴진이었고요."

"……"

"놀라운 사실은 그뿐이 아닙니다. 이번에 전개되고 있는 대감의 퇴진 공작에 흥인군(興仁君) 대감과 사위이신 조경호(趙慶鎬)와 맏아들 이재면(李載冕)도 가세했다는 겁니다."

그 말에 대원군의 턱이 덜컥 내려앉았다.

대원군은 말을 하지 못하다가 한참 만에야 겨우 입을 열었다. 그런데 충격이 컸는지 목소리가 갈라져 나왔다.

"정녕, 정녕 형님은 물론 조 서방과 재면이도 가담한 게 사실이오?"

대진이 분명하게 짚었다.

"예, 맞습니다. 대감의 퇴진을 처남들이 주도하고 있다는 사실은 아실 것입니다. 그런데 거기에 대감의 형님과 사위, 큰아드님까지 동조하고 있습니다. 그뿐이 아니라 조 대비의 척족인 조영하와 조성하도 주동자이고요."

그 말에 대원군의 억장이 무너졌다.

"……"

대진의 지적이 이어졌다.

"조선은 국초부터 격렬한 부자의 권력투쟁이 있었지요. 그런 조선이 종내는 부자의 권력투쟁 때문에 망한 겁니다. 그리고 국초와 마찬가지로 아버지가 패배했고요."

대원군의 안면이 일그러졌다.

"……"

믿고 싶지 않았다.

그렇지만 대진이 현실을 정확히 짚어 가며 설명하고 있어서 믿지 않을 수도 없었다. 하나 그대로 믿기에는 너무도 엄청난 사실이었다.

고심하던 대원군이 고개를 들었다.

그리고 대진을 바라봤다.

"그대들이 나를 선택했다고 했소."

"그렇습니다."

대원군이 손인석을 바라봤다.

"지금까지의 설명은 잘 들었소. 충분히 충격적이고 두려운 일이오. 그러나 그런 말만을 듣고 어떤 결정을 내린다는 건 불가하오. 그러니 지금부터 내가 올바른 결정을 할 수 있도록 나를 설득해 보시오. 모든 결정은 그것을 보고 하겠소이다."

손인석이 대답했다.

"알겠습니다. 그렇지 않아도 대감을 위해 준비한 것들이 많습니다. 이 과장."

"예, 제독님."

"먼저 동영상부터 시작하지."

"알겠습니다."

대진이 대원군에게 권했다.

"대감께 보여 드릴 것이 있으니 잠시 자리를 옮겨야겠습니다."

"그럽시다."

대진은 대원군을 대회의실로 안내했다. 그 뒤를 따라 손인석과 지휘부도 뒤편에 자리를 잡았다.

대진이 스크린 앞에 섰다.

"먼저 간략하게 우리가 보유한 기술에 대해 설명해 드리겠습니다."

스크린에 자연 영상이 비쳤다.

대원군이 그것을 보고 크게 놀랐다.

"아니, 어떻게 갑자기 산이 보이는 것이오? 혹시 청국의 연극인 변검(變臉) 가면처럼 저 앞 천막에 갑자기 바뀌는 장치라도 되어 있소?"

생각지도 않은 말에 모두가 크게 웃었다. 대진이 적극적으로 해명했다.

"대감께서 생각하시는 그런 것이 아닙니다. 지금 보시는 장면은 우리가 보유한 기계로 촬영해 자연을 구현한 것입니다."

대원군이 더 어리둥절해했다.

"촬영이요?"

"우리가 보유한 기계로 사람의 형상이나 자연풍경을 담아내는 행위를 촬영이라고 합니다."

"그런 기계도 있소?"

"그렇습니다. 조선에서는 사람의 초상이나 자연을 구현하려면 그림을 그리는 수밖에 없습니다. 그러나 우리가 보유한 기계는 이처럼 자연이나 사물을 촬영할 수가 있지요."

이어서 다른 장면이 나왔다.

그 장면은 본 대원군이 크게 놀랐다.

"아니, 저건 내가 아니오?"

"그렇습니다. 보시는 동영상은 대감께서 이곳에 오신 모습을 촬영한 장면입니다. 동영상은 사람이나 물체의 움직이는 모습을 그대로 기록한 형상을 말합니다."

대원군은 자신이 움직이는 장면을 넋을 놓고 바라보았다. 그러다 장탄식을 했다.

"아아! 놀랍고 또 놀랍구나. 나는 사람의 형상이나 자연을 저렇게 똑같이 구현하는 기술이 있다는 말을 들어 본 적이 없다."

"그러실 겁니다. 지금 시대에는 서양이든 어디든 없는 기

술이지요. 그러니 지금부터 상영되는 장면을 보시고 놀라지
않으시길 바랍니다."

"알겠소이다."

이어서 동영상이 상영되었다.

동영상은 정훈부서가 준비했다.

내용은 대원군이 실각부터 시작되었다. 민씨세도와 극심
한 부정부패, 탐관오리들의 수탈과 학정, 이어서 개항과 외
세의 침탈, 일본에 강제합병이 되는 과정과 가혹한 수탈 등
이 정리되어 있었다.

제7기동함대의 인트라넷에는 정신교육용으로 보관된 역
사 자료가 상당했다. 특히 한국석유공사 직원 중 역사 마니
아가 개인 컴퓨터에 보관해 놓은 엄청난 양의 자료가 큰 도
움이 되었다.

동영상은 90분간 상영되었다.

대원군은 처음 동영상이란 신기술에 놀랐다. 그러나 그런
놀라움은 잠시, 동영상의 내용에 이내 빠져들었다.

이윽고 상영이 끝났다.

"……."

대원군은 한동안 입을 열지 않았다. 대진과 지휘부는 그가
입을 열 때까지 기다려 주었다.

그리고 얼마의 시간이 지났다.

"다시 한번, 다시 한번 더 볼 수 있겠소이까?"

대진이 고개를 끄덕였다.

"얼마든지 가능합니다. 하지만 그 전에 아침을 먼저 드시지요?"

대원군은 고개를 저었다.

"아니오. 아침은 되었소."

"그러면 용변부터 보고 오시지요."

"아! 그럽시다."

대원군은 화장실에서도 놀랐다.

조선은 양변기는커녕 수세식도 없었으며 휴지도 없었다. 더구나 대형 거울과 온수가 나오는 시설 등에 문화 충격까지 겪어야 했다.

대진은 대원군에서 화장실 사용법을 일일이 알려 주었다. 그렇게 용변을 보고 나온 대원군이 또 놀란 것이 있었다.

"이게 물비누라고요?"

"그렇습니다. 여기를 누르면 나오는 액체가 물비누입니다."

대원군이 통을 손으로 짚었다.

"그런데 물비누가 들어 있는 이 통은 뭐요? 보아하니 유리도 아닌 것 같은데, 재질이 처음 보는 것 같소이다."

이 말에 대진도 아차 했다.

'아! 맞다. 조선에는 플라스틱이 없잖아. 우리는 어느 곳에나 있어서 아무 생각이 없었는데 대원군에게는 생소한 물건이야.'

"이 통은 합성수지로 만든 제품입니다. 그래서 이렇게 가볍고 깨지지도 않아 이런 액체를 넣는 용기로 주로 사용되고 있습니다."

대원군이 큰 관심을 보였다.

"가볍고 깨지지 않는다면 실생활에도 사용처가 상당히 많겠소이다."

"물론입니다. 이 기술에 대해서는 다음에 자세히 설명해 드리겠습니다."

"흠! 그럽시다."

대원군이 통을 몇 번이나 만져 보고서야 화장실을 나갔다.

그렇게 돌아온 대원군은 동영상을 두 번이나 더 시청했다.

그러자 손인석이 나섰다.

"묻고 싶은 것이 한둘이 아니실 겁니다. 그렇다고 해서 식사까지 거른다면 건강을 해칠 수도 있습니다. 벌써 점심때가 다 되었으니 간단하게나마 식사부터 하시지요."

대원군은 가슴이 답답했다.

입맛은 썼으며 입속은 모래가 돌아다니는 것 같았다. 그렇다고 해서 손인석의 권유를 뿌리칠 수는 없었다.

동영상이 믿기지가 않았다.

아니, 너무도 참혹하고 처참해서 사실이 아니길 바라며 세 번이나 봤다. 그런데 볼수록 가슴에 화인(火印)처럼 내용이 새겨져 버렸다.

보지 않았다면 모를 일이다.

그러나 이제는 외면할 수가 없어졌다. 조선의 대원군으로서 고통에 시달리는 백성을 보듬고, 무너진 왕실을 바로 세워야 한다.

어떤 일이 있더라도 왜적에게 나라를 빼앗길 수는 없었다. 그런 모든 문제를 해결하기 위해서는 이들과 더 많은 대화를 해야 했다.

그리고 이들은 너무도 다르다.

그래서 확인해야 할 것들이 하나둘이 아니었다. 특히 조선을 위기에서 구해 낼 수 있는지도 반드시 확인해야 한다.

대원군은 심호흡을 했다.

"……후! 그럽시다. 금강산도 식후경이라 했으니 요기부터 하고 봅시다."

대진은 대원군을 식당으로 안내했다.

식사는 일부러 이 시대에 맞춰 양념을 많이 하지 않고 정갈하게 준비했었다. 그럼에도 대원군은 거의 손대지 못했다.

그만큼 동영상은 충격 그 자체였다.

그렇게 대강의 식사를 마치고 다시 회의실로 돌아왔다. 사람들이 자리에 앉자 준비된 차가 나왔다.

손인석이 먼저 입을 열었다.

"많이 놀라셨나 봅니다."

대원군이 고개를 저었다.

"충격이었습니다. 우리 조선이 그렇게 망가질 거라고는 생각도 안 했습니다. 그리고 지금도 믿기지가 않고요."

손인석도 인정했다.

"그러실 겁니다. 저희도 자료를 준비하면서 꽤 많은 고심을 했습니다. 실제를 다 보여 드리면 너무 충격을 받으실 것 같아서 강제병합까지만 준비했습니다."

"뒤의 상황도 좋지 않았나 봅니다."

"더 최악입니다. 일본에 30년 넘게 수탈을 당했습니다. 마지막에는 조선의 젊은이들은 강제로 징용되었고요. 심지어 젊은 여인들은 위안부로 끌려가 온갖 수모를 당해야 했지요."

"위안부요?"

대진이 나서서 간략히 설명했다.

사실을 안 대원군이 탄식했다.

"하아! 참혹하구나. 조선의 여인들이 그런 일까지 당하다니."

"그뿐이 아닙니다. 해방이 되자마자 나라가 둘로 나뉘었습니다. 그러다 결국 동족끼리 전쟁이 벌어져 수백만 명이 죽어 나갔지요."

대진은 한국전쟁 이후 상황도 설명했다.

처음에는 낙심천만하던 대원군도 나라가 발전했다는 설명에는 눈을 빛내며 들었다. 그러던 설명은 마고부대가 조선에 오게 된 상황에서 끝났다.

"……그래서 우리가 여기로 오게 된 것입니다."

"신의 조화속이구나. 신의 조화속이야."

"그렇습니다. 우리가 여기에 온 상황은 도저히 상식으로는 설명이 되지 않습니다. 대감의 말씀대로 어떤 신인지는 모르지만 그 신이 우리를 이곳에 보낸 것입니다."

그때 대원군이 놀라운 말을 했다.

"조선을 위기에서 구하라는 뜻이었겠구나."

대원군이 이런 말을 하리라고는 예상 못 했다. 그 바람에 대진은 순간 움찔했으나 이내 고개를 끄덕이며 사정을 설명했다.

"우리도 그렇게 생각합니다. 그러나 어떤 방식으로 해야할지에 대해서는 고심이 많았습니다."

"그런 고심 끝에 나를 선택했단 말이구려."

"예, 대감."

"그런데 자신은 있는 거요?"

"무력을 말씀하십니까?"

"음! 우선은 무력이 가장 중요하겠지."

그 말에 대진이 숨도 쉬지 않고 호언장담했다.

"이 시대의 어떤 군대와 싸워도 필승합니다. 그리고 타협할 계획 없이 작정하고 나서면 한양은 물론이고 북경도 반나절이면 초토화할 수 있습니다."

"북경을요?"

"그렇습니다."

대원군이 고개를 저었다.

"어려운 일이오. 마고부대에 얼마나 병력이 많은지는 모르겠지만 북경에는 무려 100만이나 살고 있소이다. 그런 북경을 어떻게 반나절 만에 초토화할 수 있단 말이오?"

"거기 있는 사람을 다 죽일 수는 없겠지요. 그러나 자금성을 비롯한 별궁과 왕부 등 대부분의 건물은 초토화할 수 있습니다."

대진이 이런 장담을 한 까닭은 소이탄을 개발했기 때문이다.

마고부대가 개발한 소이탄은 초기 형태로 벤젠과 휘발유와 폴리스티렌을 혼합해서 만들었다. 아직은 재료를 구하기 어려워 네이팜탄은 만들지는 못하지만 이 정도의 소이탄만으로도 위력은 차고 넘쳤다.

"정녕 그게 가능하단 말씀이오?"

"우리가 보유한 포탄에는 특수 물질이 들어 있습니다. 그 포탄의 위력은 반경 백여 장에 달하며 폭발해서 대화재를 발생시키지요. 그런 포탄을 공중에서 투하하면 지상에서는 방어가 불가능합니다."

"폭발해서 화재를 발생시킨다고요?"

"그렇습니다."

"믿을 수가 없어. 어떻게 포탄이 폭발해서 화재를 발생시킨단 말인가?"

대진이 웃었다.

"하하! 분명한 사실입니다. 그리고 그 포탄은 물론 우리 군의 전력을 직접 확인해 드릴 겁니다. 그러니 제가 하는 말 중에서 확인이 필요한 부분은 언제라도 말씀해 주십시오."

대원군이 동의했다.

"좋소. 필요한 부분이 있으면 그리하리다."

그때 둘의 대화를 듣던 손인석이 입을 열었다.

"지금부터는 방금 본 동영상에 대해 확인하는 시간을 갖도록 하겠습니다. 이 과장은 참모들과 함께 대감께서 알고 싶어 하는 부분에 대해 상세히 설명해 드리도록 하게."

"알겠습니다. 그리고 화력 시범은 내일 일정을 잡도록 하겠습니다."

"그렇게 하게."

손인석이 자리에서 일어났다.

"우리들은 잠시 물러나 있겠습니다. 그리고 질의응답이 끝나면 다시 찾아뵙겠습니다."

"그렇게 하십시오."

지휘부가 나가고 참모들이 들어왔다. 대진이 그들을 대원군에게 인사시키면서 일이 시작되었다.

묻고 싶은 것이 하나둘이 아니었다.

50이 넘은 대원군은 열정이 넘쳤다.

개인의 호기심도 컸지만 조선을 바로 세우고 싶다는 의지가 그를 지배했다. 덕분에 점심을 먹고 시작된 질의응답은

위대한
항해

밤이 늦어서야 끝났다.

이날 밤.

대진이 대원군과 마주했다.

대진도 본래는 참모들과 함께 돌아가려 했다. 그러나 대원군의 부탁으로 그대로 남을 수밖에 없었다.

대원군이 사과했다.

"미안하오. 가서 쉬어야 하는 사람을 마음이 답답해서 이리 붙잡았소이다."

"아닙니다."

대원군이 부탁했다.

"혹시 술이 있소?"

"그렇지 않아도 혹시나 해서 준비해 둔 것이 있습니다."

대진이 밖으로 나갔다 술과 안주를 가져왔다. 대진이 술을 따르며 위로했다.

"많이 힘드셨지요?"

"내 생에 가장 긴 하루였소이다."

그렇게 말한 대원군은 단숨에 잔을 비웠다.

대진이 다시 술을 따랐다.

"그러셨을 겁니다. 제가 대감이었어도 쉽게 받아들이기가 어려웠을 겁니다."

대원군은 다시 잔을 비웠다.

"받아들이기 어려운 정도가 아니오. 머리는 받아들여야 한다고 생각하지만 가슴은 아직도 있을 수 없는 일이라며 거부하고 있소이다."

"맞습니다. 저도 그랬지만 우리 모두는 이곳에 와서 한동안 극심하게 혼란스러웠습니다. 그 와중에 소중한 동료가 수십 명이나 낙오하기도 했고요."

"아! 그대들도 그런 아픔이 있었구나."

"예, 우리는 무력이나 지식이라면 누구와 싸워도 이길 수 있습니다. 그렇지만 정신적인 부분은 우리 마음대로 되는 것이 아니었습니다. 대감께서 지금 겪은 그런 심리적 괴리감은 송구하지만 스스로 이겨 내셔야 합니다."

대원군이 동의했다.

"그래야겠지."

대원군은 오늘 있었던 일에 대한 소회를 한동안 피력했다. 그러더니 잔을 비우고서 대진을 바라봤다.

"지난번에 나를 택한 것이 최선의 선택이었다고 했소. 그러면 차선도 준비되어 있다는 거 아니오?"

대진이 한숨을 내쉬었다.

"후! 대감께서 결국 그 질문을 하시는군요."

"그런 말을 듣고 어찌 가만히 있겠소?"

"그건 그렇습니다."

"차선이 뭔지 물어봐도 되겠소?"

"국왕이었습니다."

"국왕이오?"

"그렇습니다. 지금 자리에 대감 대신 국왕을 모시는 거였습니다. 누가 뭐라고 해도 절대적인 명분을 갖고 계시는 분이니까요."

"그대들이 보여 준 기록에 따르면 국왕은 지금 왕비와 그 척족들의 손에 놀아나고 있소. 그런 국왕이 쉽게 동조하겠소? 그리고 무엇보다 대궐에 있는 국왕을 어떻게 데리고 온다는 말이오?"

대진이 웃었다.

"대감께서는 한꺼번에 너무 많은 질문을 하시네요."

대원군이 머쓱해했다.

"미안하오. 마음이 급하다 보니 그리되었소이다."

"충분히 이해합니다. 질문을 하나하나 답해 드리지요. 먼저 우리 능력이라면 대궐이 아니라 그 어디에 있더라도 국왕을 모셔 오는 일은 여반장입니다."

"경복궁은 크고 넓소이다. 그런 경복궁에서 국왕이 어디에 머무는지를 안다는 건 결코 쉽지 않아요."

대진이 고개를 저었다.

"그렇지 않습니다. 우리가 보유한 기술로 국왕의 움직임을 파악하는 건 여반장입니다. 우리가 이곳에 온 것은 지난 3월경입니다. 그동안 우리 나름대로 많은 준비를 해 오고 있지요. 그런 준비 중에는 본토의 상황 파악도 당연히 들어 있고요."

대원군이 크게 놀랐다.

"그때부터 한양의 동태를 파악해 왔다는 말이오?"

"바로는 아니었습니다. 우리도 준비를 해야 해서 본격적인 파악은 5월경부터였습니다."

"그러면 나의 동태도……."

"송구하지만 그렇습니다. 그때 이후 노안당을 드나드는 모든 사람들이 동향을 파악하고 있었습니다. 아울러 조선의 주요 권신들의 동향도요."

대원군은 등줄기에 소름이 돋았다.

"부처님의 손바닥이라는 말이 절로 생각나는구려."

대진은 이 질문에 답을 하지 않았다.

"그리고 국왕도 우리의 일에 적극 동조할 수밖에 없을 것입니다. 대감께서도 동영상을 보고 많은 충격을 받으셨지 않습니까? 그 동영상의 최고 당사자가 국왕인데 과연 우리의 협조와 협력을 거부할 수 있을까요?"

대원군도 인정했다.

"그 말을 듣고 보니 바로 이해가 되네. 맞소. 국왕도 그 영상을 보면 절대 안 된다는 말을 못 할 것이오."

"예, 저희가 예상하기로는 왕비의 안전 정도만 확답을 받으려고 했을 겁니다."

"나머지는 찍어 내고?"

"부정부패를 위해 대감을 몰아내려는 자들입니다. 그런 자들을 놔둘 수는 없지요. 아마도 국왕께서는 어렵지 않게 동의할 겁니다."

"정확한 예상이오. 지금 벌어지고 있는 일의 발단이 중전이지만, 주상으로선 그렇다고 중전을 버릴 수는 없지. 더구나 회임까지 한 사람을."

대진이 놀랐다.

"대감께서는 왕비가 원망스럽지 않으신가 봅니다."

"왜 원망스럽지 않겠소, 중전이 정치에 간섭하는 것 자체가 정도가 아닌데. 하지만 그렇다고 해서 조선의 국모를 함부로 내칠 수는 없는 일이오. 더구나 아직 대통도 확실히 정해지지 않은 상황이지 않소?"

"대감께서는 완화군(完和君)을 총애하시지 않습니까?"

대원군이 고개를 저었다.

"중전이 아직 젊은데 그럴 수는 없소이다. 만일 완화군을 세자로 책봉했다가 중전이 왕자를 생산하게 된다면 어떻게 되겠소? 아마도 지금과는 비교할 수 없는 혼란이 일어날 것이오. 나는 그저 완화군이 주상의 서장자로 편안한 삶을 살기를 바랄 뿐이오."

"그러시군요. 그리고 다음 질문은……."

대원군이 손을 들었다.

"그만 되었소. 주상만 동의한다면 그들을 찍어 내는 일은 누구라도 할 수가 있지. 그런데 절대적인 명분을 갖고 있는 국왕이 아닌 나를 왜 최선으로 선택을 한 것이오?"

"그게 조선에 더 좋기 때문입니다."

"주상이 아닌 내가 조선에 더 좋다?"

"그렇습니다."

대원군은 말없이 몇 번의 잔을 비웠다. 그러던 대원군이 대진을 빤히 바라봤다.

"그렇게 판단한 이유를 듣고 싶네."

대진이 마고부대의 생각을 알려 주었다.

그 말을 들은 대원군이 놀라워했다.

"의외의 생각이네. 그러면 그대들은 국왕의 권력이 지금보다 약해져야 한다고 생각하는가?"

"아닙니다. 국가 발전을 위해서는 지금 상태가 좋습니다. 그러나 국왕의 무소불위한 권력을 제어할 법적 장치가 반드시 필요합니다. 그리고 그런 법적 제도를 만들 수 있는 분은 대감이시고요."

"흐음!"

대원군은 마고부대가 자신을 왜 선택했는지 확실히 알게 되었다. 그리고 그런 선택이 자신에게도 나쁘지 않다는 점도 확인했다.

그래도 확인할 사항이 있었다.

"그대들과 함께 나라를 개혁하며 부국강병하자는 말은 이해가 되었소. 그런데 나도 하나 짚고 넘어갈 게 있네."

"말씀해 보시지요."

"내가 그대들을 도와 나라를 개혁하는 것은 좋네. 상공업을 진흥해 부국강병하자는 계획도 적극 찬성하네. 그런데 그런 일들이 제대로 꽃을 피우려면 적지 않은 시간이 필요하지 않겠나?"

대진이 바로 알아들었다.

"대감의 말씀대로 개혁은 적잖은 시간이 걸리는 게 맞습니다. 그래서 우리는 대감께서 공명정대하게 국정을 운영해 주신다면 그 결과를 함께 공유하고 싶습니다."

대원군은 토사구팽당할 것을 우려했다. 그런데 대진은 개혁의 성공을 함께 누리자며 화답해 왔다.

대원군의 안색이 처음으로 밝아졌다.

"꽤 많은 시간이 걸릴 터인데?"

"우리는 권력을 탐하고자 개혁하려는 것이 아닙니다. 대감께서 앞장서서 공정하게 국정을 운영해 주십시오. 그래서 개혁이 성공해 나라가 부강해진다면 우리는 대감을 국부(國父)로 추대할 것입니다."

대원군의 눈이 더없이 커졌다. 그런 대원군의 눈에 욕망이 이글거렸다.

"나를 국부로 추대한다고 했소?"

"그렇습니다. 제대로 된 나라를 만들려면 적어도 10년 이상의 시간이 필요할 겁니다. 그 중요한 시기를 이끌어 주신 분을 공경하고 추대하는 건 당연한 일이지 않겠습니까?"

"주상이 있는데도 말이오?"

"물론입니다."

"……그런데 아직 이해하지 못한 게 있소. 그대들이 알려준 역사를 보면 조선이 무너지는데도 주상은 제대로 대응조차 못 했소. 아니, 어떻게 보면 조선의 패망에 결정적 역할을 했다고 할 수가 있지. 그런 주상에 대한 처리를 왜 한 번도 거론하지 않는 거요?"

"미래의 일이니까요."

"미래의 일?"

"그렇습니다. 지금까지 국정은 대감께서 주도해 왔습니다. 그러다 보니 국왕의 역할은 미미했고요. 역사에 나오는 국왕의 잘못과 무능은 대감의 실각 이후에 일어났습니다."

"아! 일어나지 않은 일로 단죄할 수는 없다?"

"그렇습니다. 그리고 국왕에 대한 처분은……."

대진이 대원군을 바라봤다.

"대감께서 결정하셔야 할 일입니다."

그 말에 대원군은 어떤 사실을 깨닫고 크게 고개를 끄덕였다.

"맞아! 그대들이 주상을 퇴위시키면 역모가 되지. 그렇게 되면 나라를 개혁하려는 그대들이 침략군이 될 수밖에 없어!"

"그렇습니다. 그리고 개혁을 시작하고 10여 년이 지나면 왕권도 많이 달라질 것입니다."

대원군이 거듭 고개를 끄덕였다.

"그렇게 되겠지. 내가 집권을 계속하게 되면 권력의 추가 이동하게 되면서 신권(臣權)이 절로 강해질 수밖에 없어."

"그렇습니다. 그래서 사심이 없는 대감을 모시게 된 것입니다."

"그러다 내가 권력을 끝까지 탐하면 어떻게 하려는가?"

"그것도 나쁘지 않습니다. 그리고 우리는 대감이 보위에 오르는 것이 더 좋습니다."

대원군이 크게 놀랐다.

"그게 무슨 말인가? 지금 나보고 반역을 저지르란 말인가?"

"그러실 분이 아니란 것을 우리는 잘 압니다. 이런 말씀을 드리는 건 그만큼 우리가 대감을 믿는다는 의미입니다. 세상에 보위보다 더 큰 권력이 어디 있겠습니까?"

"그건 그렇지."

"우리는 대감께서 보위에 오르신다고 해도 무조건 찬성합니다. 그렇게 되면 누구의 눈치도 보지 않고 개혁을 밀어붙일 수 있게 되지 않겠습니까?"

대원군의 입에서 절로 탄성이 터졌다.

"아아! 그렇구나. 그대들은 권력에 대한 욕심이 없구나."

"예, 대감."

대원군이 술을 거푸 자작했다. 그러고서 분명하게 밝혔다.

"내가 보위를 탐하는 일은 없을 것이네. 그러나 국부로 추대된다는 것만큼은 솔직히 관심이 가네."

대진이 싱긋이 웃었다.

"그러실 줄 알았습니다."

대진이 그의 잔에 술을 따랐다.

"대감께서 여기에 며칠 머무르신다는 말은 들으셨을 겁니다."

"그렇네."

"그 일정 중 내일이 제일 중요합니다. 내일 일정은 오늘보다 많습니다. 그동안 우리가 준비해 온 상황도 살펴보시고 우리가 보유한 기술력과 군사력도 둘러보시게 될 것입니다. 그리고 사흘째 되는 날에는 우리가 계획하고 있는 개혁 일정에 대해서 심도 깊은 논의가 있을 것입니다."

"그대들과 함께할지 안 할지에 대한 결정은 그때 내리라는 말이구나."

대진이 고개를 끄덕였다.

"그렇습니다. 백문이 불여일견이라고 했습니다. 대감께서 오늘 보고 들으신 것이 하나둘이 아닙니다. 그 대부분이 생경한 것들일 것이고요. 그러나 오늘은 시작에 불과합니다. 하오니 많이 보시고 많이 고심하시면서 부디 현명한 결정을 내려 주시기 바랍니다."

그와 눈을 마주하는 대원군의 얼굴은 온화하기 그지없었다.

곧 대원군은 고개를 저었다.

그는 술잔을 단숨에 비웠다. 그러고는 분명하게 밝혔다.

"모레까지 기다릴 필요 없네. 나는 어떠한 일이 있더라도 그대들과 함께할 것이야."

대진은 크게 놀랐다.

대원군은 자식과 사위가 반대 세력에 가담한 사실에 크게 놀랐다. 마고부대가 준비한 동영상을 보고 큰 충격을 받은 것도 사실이다.

그렇다곤 해도 하루 만에 자신들과 함께할 거라고는 예상하지 못했다.

함께하더라도 노회한 대원군이 조건을 내걸 거라고 예상하고 있었다. 그런데 대원군이 너무도 선선히 함께하겠다는 말을 했다.

전혀 생각지도 않은 진행에 대진은 당황한 표정을 숨기지 못했다.

"대감."

대원군이 고개를 저었다.

"쉽지 않은 결정이었네. 그리고 오늘 이 결정이 어떤 결과가 나올지 두렵기도 해. 그러나 단 하나, 분명하게 확신하게 된 것이 있네."

"그게 무엇입니까?"

"훗날 내가 명예로운 퇴진을 하게 될지, 아니면 불명예 퇴진을 하게 될지는 알 수가 없어. 정치란 것이 언제 어떻게 변할지 모르니 말이야. 그러나 그대들과 함께한다면 우리 조선이 개혁에 성공할 수 있겠다는 확신은 분명히 들었네."

대원군이 직접 자작했다.

"나를 잘 쓰시게. 그리고 그 쓰임이 다하면 언제라도 버려도 되네. 나도 어느 시기가 되면 스스로 용퇴할 생각을 갖고 있으니 말이야."

대진은 대원군이 권력에 대한 욕심이 누구보다 많을 거라 생각하고 있었다. 그래서 그런 대원군의 입에서 이런 말이 나올 거라고는 예상 못 했다.

"대감."

"그러나 조선의 백성은 어떠한 일이 있더라도 버려서는 아니 될 것이야. 그리고 왕실도 절대 무너트려서는 안 되네. 이 두 가지만 분명하게 약속해 준다면 그대들이 추구하는 개혁에 적극 동참하겠네. 필요하다면 내가 직접 칼을 휘두르겠네."

대진이 솔직한 심정을 밝혔다.

"놀랍습니다. 대감께서 이렇게 빨리 결정하실 거라고는 예상하지 못했습니다. 그것도 아무 조건도 내걸지 않고요."

"무슨 말씀을. 내가 분명 두 가지 조건을 내걸지 않았나."

"그 조건은 당연한 겁니다. 우리는 권력을 잡으려는 것이 아니라 조선을 개혁해 부강한 나라로 만들려고 합니다. 그런 조선에서 왕실은 당연히 존재해야 하고요. 저는 대감께서 다른 조건을 내거실 거라 예상하고 있었습니다."

대원군이 웃으며 고개를 저었다.

"허허허! 권력욕이 많은 내가 용퇴까지 거론하는 게 이상한가?"

"솔직히 아니라고 말씀드릴 수가 없네요."

"내가 권력욕이 있는 건 사실이야. 그러나 나는 그 권력으로 나라를 바르게 하고 싶을 뿐 개인적인 욕심은 없네."

"대감처럼 사심 없이 국정을 이끌 사람이 없어서 권력을 추구한다는 말로 들립니다."

대원군이 씁쓸해했다.

"권력은 아귀와 같은 놈이야. 처음에는 누구나 정신을 차려 권력을 집행한다네. 그러다 잠깐만 한눈을 팔면 권력은 이내 주인을 먹어 치우면서 괴물이 된다네."

"그때부터 추악해지는 거로군요."

"그렇지. 아무리 처먹어도 만족을 모르는 아귀로 변해 버리지. 그러다 종내는 제 살까지 뜯어먹으면서 스스로 무너져 버리게 되지."

대원군의 시선이 술병으로 갔다. 대진이 급히 병을 들어 따르니 대원군이 단숨에 비웠다.

"나는 죽을 고비를 몇 번 넘기면서 아들을 보위에 올린 사

람이야. 그 후 지독했던 안동 김씨의 세도도 끊어 냈다는 것
이 큰 자랑이었지. 그런 나에게 나라가 부강해지고 왕실이
안정되는 것보다 더 큰 소망이 어디 있겠나. 다시 말하지만
나에게 그 이상의 다른 욕심은 없네."

대원군의 이러한 결정은 그의 예리한 판단력 덕분이었다.
온갖 풍파를 다 겪어 온 대원군은 누구보다 탁월한 감각을
갖고 있었다.

그것들이 대원군으로 하여금 빠른 결단을 내리게 만들었
다. 이러한 대원군의 결단은 대진에게 큰 인상을 남기기에
충분했다.

"대감의 오늘 결정이 신의 한 수가 될 수 있도록 최선을
다하겠습니다."

"허허허! 말씀만 들어도 고맙네. 그런데 이 술 참 괜찮은
데, 이것도 미래에서 가져온 건가?"

"그렇습니다. 소주라고 미래의 국민주입니다."

대원군의 눈이 커졌다.

"소주가 이렇게 약하단 말인가?"

"소주 원액을 희석해서 도수를 낮춘 것입니다. 그래서 값
이 싸서 누구나 즐길 수 있지요."

"괜찮구나."

대원군이 잔의 술을 단숨에 비웠다.

다음 날.

대원군은 마고부대를 둘러봤다.

가장 먼저 기함인 백령도를 둘러봤다.

백령도는 회귀 전 시대를 살았던 사람에게도 거대한 규모의 함정이었다. 대원군도 처음에는 섬이라고 오인할 정도여서 둘러볼 곳이 하나둘이 아니었다.

대원군에게 백령도는 그 자체만이로도 경이(驚異)였다. 수만 톤의 몸집, 수천 명의 승조원, 수십 기의 탑재기와 수백여 종의 해병여단 장비, 그리고 그 큰 몸집을 구동시키는 내연기관까지.

내부에는 엄청난 규모의 격납고와 선실 등 상상 이상의 시설이 갖춰져 있었다. 그런 배의 하부에는 기관실이 있었으며 그 옆에는 부품을 수리하거나 교체하는 데 필요한 대형 공작실이 있었다.

백령도함의 공작실에는 다양한 공작기계가 배치되어 있었다. 그래서 대량생산은 어렵지만 소총 부품을 만들고 개발하기에는 충분했다.

대진은 보유한 무기의 재원을 정확히 알려 주지는 않았다. 해병여단이 보유한 각종 장비들은 그저 훑어보고 지나는 정도로 그쳤다. 하지만 그렇게만 해도 대원군은 설명을 듣는 내내 한시도 정신을 팔지 않았다.

수없이 감탄하고 놀라던 대원군은 소총을 개발하고 있다는 사실을 알고 공작실을 둘러보며 큰 관심을 보였다.

마고부대는 공작실을 적극 활용해 화기를 개발하고 있었다.

화기 개발의 첫 번째 목표는 소총이다.

마고부대가 개발하고 있는 소총은 볼트액션 방식이다. 볼트액션소총은 부품이 적어 고장이 거의 발생하지 않으며 대량생산에 용이하다.

마고부대의 화기 관련 지식은 엄청나다.

그러나 현장에 바로 접목하기에는 조선의 공업 기반이 너무 허약했다. 그래서 양산이 용이한 볼트액션소총을 먼저 개발하기로 결정했다.

개발은 대진이 상해에서 선물받은 마우저소총을 참조했다.

이 소총은 육상전의 역사를 바꾼 드라이제 니들건의 후신이다. 그래서 니들건의 형식을 완전히 벗어나지는 못했다. 그러나 볼트액션소총의 시발이었으며 1871년에 채택된 최신형이었다.

마고부대는 이런 마우저소총에 첨단 지식을 덧입혔다. 이 소총의 가장 큰 단점은 흑색화약으로 만든 총탄이었다.

위력이 약한 흑색화약의 단점을 보강하기 위해 총탄이 11×60mm나 되었다. 그 바람에 총구도 컸으며 화약 찌꺼기가 끼는 문제도 있었다.

마고부대는 더블베이스무연화약을 손쉽게 개발했다. 화학 지식을 많이 보유한 한국석유공사와 S중공업 임직원의 활약 덕분이었다.

덕분에 총탄과 총구의 구경을 획기적으로 줄일 수 있었다. 부품도 단순화했고 가늠쇠도 바꿨으며 탄창을 삽입하여 성능을 반자동 형태로 대폭 개선했다.

대원군이 소총에 큰 관심을 보였다.

"대단하구나. 화승도 필요 없고 화약도 소지할 필요가 없다니. 우리 조선군이 보유한 조총과는 아예 차원이 다르구나."

대진이 설명했다.

"완전히 다르다고 보시는 것이 정확합니다. 이 소총과 조선의 조총은 작동 원리 자체가 다릅니다. 이 소총은 독일 소총을 참고해서 개발되었습니다. 본래는 무겁고 커서 조선군이 사용하기에는 상당히 불편합니다."

대진이 마우저소총을 보여 주었다. 자신의 키와 비슷한 소총을 살피던 대원군이 고개를 저었다.

"그렇구나. 이 소총은 너무 길고 무게도 상당히 무겁구나."

"그렇습니다. 서양의 소총이 대부분 이 정도입니다. 그러나 우리가 개발한 소총은 무게도 줄이고 부품도 간소화했습니다. 그리고 무엇보다 8발 탄창을 삽입할 수 있어서 발사속도를 획기적으로 개선했습니다."

대진이 신형 소총을 건넸다. 소총의 이모저모를 살피던 대원군이 크게 고개를 끄덕였다.

"서양 소총보다 무게가 훨씬 가벼워서 병사들이 사용하기에 편리하겠어."

대진이 제안했다.

"소총의 이름을 대감께서 지어 주시지요."

대원군이 흠칫했다.

"내가 이름을 지어도 되나?"

"예, 이제 막 개발이 완료되어서 아직 이름을 짓지 않았습니다. 그리고 대감께 작명을 부탁드리는 건 우리 모두의 의견입니다."

이렇게까지 나오는데 거절할 수는 없었다. 더구나 최초로 조선이 만들게 될 소총이 아니던가.

대원군은 잠시 고심하다 입을 열었다.

"음! 평정(平定)이 좋겠구나."

"평정이라고요?"

"그렇다네. 평정은 난을 제압한다는 의미도 있고, 적을 제압해서 굴복시킨다는 의미도 있네. 나는 우리 조선군이 이 소총으로 천하를 제압했으면 하는 바람으로 이름을 그리 정했네."

"잘 정하셨습니다."

조선이 최초로 생산하게 될 소총은 평정이라 이름 지어졌다. 평정소총은 대원군의 바람대로 향후 수많은 전투에서 크고 작은 승리에 결정적 기여를 하며 당대 최강으로 위용을 떨치게 된다.

대원군은 마고부대본부로 올라갔다.

마고부대본부는 불과 반년여 만에 100여 동의 건물이 들어서 있었다. 상해에서 모집한 쿨리와 일본 포로 등 인력이 대거 투입된 덕분이었다.

가장 눈에 띠는 건물은 2층으로 마고부대 본관 건물이었다. 본관 건물을 중심으로 10여 동이 같은 모습으로 늘어서 있었으며 이 건물에는 조선 개혁을 위한 부서들이 업무를 보고 있었다.

대진이 설명했다.

"이곳은 조선 개혁을 위한 각 분야별로 개발계획을 수립하고 있습니다. 각 부서의 근무자들은 개인의 전공을 최대한 고려해 배치되었습니다."

대진은 각 부서를 일일이 안내했다. 근무자들은 두 사람의 방문을 하나같이 반갑게 맞았다.

모든 부서를 둘러본 대원군은 놀랐다.

"대단하다. 그리고 너무도 고맙구나. 조선의 개혁을 위해 이 많은 사람들이 이렇게 오랫동안 노력하고 있을 줄 몰랐다."

"조선도 발전 계획을 세우지 않습니까?"

대원군이 고개를 저었다.

"부끄럽지만 그렇지 않네. 우리는 도덕정치를 구현하기

위해 오로지 성현의 가르침만을 공부해 왔네. 그런 우리가 세운 계획이 무엇이 있었겠나. 있다고 해 봐야 요순의 치세를 좇아야 한다며 뜬구름 잡는 일이 고작이었지."

"그래도 대감께서는 평양에서 침몰한 이양선을 보고 증기기관도 만드셨지 않습니까?"

대원군은 고개를 저었다.

"헛수고였어. 학문도 그렇지만 공업도 기본이 부실하면 사상누각일 뿐이야. 당시 비슷하게는 만들었었네. 그러나 아무리 똑같이 만들면 무엇 하나, 제대로 움직이지도 않는 것을."

"서양 기술자라도 초빙하시지 않고요."

대원군이 회한의 한숨을 내쉬었다.

"후! 모두가 내 부덕의 소치야. 나도 처음에는 쇄국정치를 고집하려 하지 않았네. 청국이 서양 세력에 힘없이 무너지는 것을 보고 서양 문물을 도입하려고 했었지."

"그러셨습니까?"

"그렇다고 바로 개항하는 것은 내부 문제도 있고 해서 시간을 가지려고 했었지. 그래서 몇 차례 사람을 보내 서양과 교섭했었네. 심지어 천주교 신부에게까지 부탁했었네. 그런데 그렇게 교섭한 서양 세력들이 하나같이 먼저 개항할 것을 요구했어. 그것도 자신들의 이권만을 요구하면서 말이야. 그래도 부국강병을 위해 고심하고 있었는데, 그때 아버지의 묘소를 도굴하는 사건이 발생했던 거야."

"아!"

대원군이 이를 갈았다.

"으득! 세상의 그 어떤 자식이 부모의 묘소를 파헤친 자를 용서하겠나. 더구나 그자는 두 번이나 교역하겠다고 조선을 찾아온 자였어. 그런 자가 요구하는 교역이나 개항은 자식의 도리로는 절대 들어줄 수 없는 일이 되어 버린 거야."

"그래서 쇄국정책을 실시했던 거로군요."

"그랬지. 그래서 모든 교섭을 중단하고 천주교 신자들을 색출해 처형해 버렸네. 그런 10월 하순, 법국(法國) 놈들이 함대를 몰고 왔었네. 우리는 그런 법국을 당당히 물리쳤었지."

"프랑스를 물리진 병인양요를 말씀하시는군요."

"그렇다네."

"대감께서 사람을 보내 접촉했던 서양이 하필이면 프랑스였다는 말씀이군요."

"'하필이면'이라니, 그게 무슨 말인가?"

"프랑스는 종교를 앞세워 개항해 왔습니다. 더구나 서양의 어느 나라보다 동양을 무시하는 정책을 취하고 있고요. 그런 프랑스를 먼저 상대하려 했던 것이 문제였습니다."

대원군도 인정했다.

"맞는 말이야. 우리가 서양 국가에 대해 너무 몰랐던 것이 화근이었어."

"어쨌든 프랑스와 미국을 물리친 동양 국가는 지금까지 없었습니다. 그러니 자부심을 가지셔도 됩니다. 그리고 두 나라는 무단으로 침략해 무고한 우리 국민을 살상시키고 큰 피해를 입혔습니다. 그러니 반드시 그 두 나라로부터 지난날의 잘못에 대한 사과와 배상을 받아 내야 합니다."

그 말에 대원군이 주먹을 움켜쥐었다.

"할 수만 있다면 반드시 그래야 해. 우리 백성들이 무수하게 죽어 나간 것도 억울한데 수십 년 동안 다져 놓았던 강화가 쑥대밭이 되었다네. 수많은 돈대와 진이 파괴되었으며 강화행궁을 불탔고 보관해 둔 은은 물론이고 외규장각의 귀중한 도서까지도 약탈해 갔어."

대원군은 당시를 회상하며 분노했다.

대진이 그런 그를 위로했다.

"걱정 마십시오. 조선의 국력이 막강해지면 반드시 그들에게 책임을 물을 수 있습니다. 그리고 그들에 대한 복수는 우리가 이미 시작했습니다."

대원군이 깜짝 놀랐다.

"아니, 그게 정말인가?"

대진이 몸을 돌렸다. 그리고 내항에 정박해 있는 배를 가리켰다.

"저기 정박해 있는 대형 전함이 보이시지요?"

"그러네. 그런데 저 배는 그대들의 배와는 형태가 많이 다른 것 같구나?"

"잘 보셨습니다. 저 배는 프랑스가 보유하고 있던 최신형 전함입니다."

이어서 몇 개월 전의 상황을 설명했다. 대원군은 그 설명을 듣고는 가가대소했다.

"하하하! 통쾌하구나, 통쾌해! 이 과장의 말을 들으니 당시 맺혔던 응어리가 쑥 내려갔어."

"이제 시작입니다. 할 수만 있다면 몇 척의 전함을 더 나포하려고 합니다. 그리고 저렇게 전면 개장을 해서 조선 수군의 훈련선이나 주력 전함으로 배치시킬 것입니다."

대원군이 놀랐다.

"저 전함을 조선 수군에 배치한다 했나?"

"그렇습니다. 앞으로 바다를 장악하지 않으면 강대국이 될 수 없습니다. 그래서 우리가 조선에 들어가면 조선 공업 육성에도 최선을 다할 것입니다."

그러자 대원군이 부정적인 반응을 보였다.

"우리 조선에는 제대로 된 제철소도 없어서 서양으로부터 기술을 들여와야 하네. 그런데 청국에서 알아본 바로는 양이들은 제대로 된 기술을 넘겨주지 않는다고 들었어. 그런 상황인데 언제 기술을 익혀서 저런 철선을 건조할 수 있겠나?"

"그래서 우리는 연초부터 그에 대한 준비를 해 왔습니다."

대진이 상해에서의 일을 설명했다. 다른 때와 달리 설명을 들은 대원군이 재차 우려했다.

"일본으로 보낸다고 계약했는데 그런 시설을 조선으로 가져간다면 문제가 되지 않겠나?"

대진이 장담했다.

"걱정하지 않으셔도 됩니다. 계약서에 최종 설치 장소는 구매자인 우리가 임의로 지정한다고 명시해 두었습니다."

"그래도 일본이 아닌 조선이라면 이의를 제기하지 않겠나?"

대진이 고개를 저었다.

"그래서 계약이 중요한 겁니다. 동양은 계약을 체결할 때 세부 내용에 대해 대충 넘기는 경향이 많습니다. 그 바람에 국가 간의 계약에서 큰 낭패를 보기도 하지요. 그러나 서양은 다릅니다. 문구 하나를 갖고도 온갖 이해득실을 따지고요. 독일과의 계약 조항에는 우리의 조건을 분명하게 명시했습니다. 더구나 위약 조항 또한 엄해서 함부로 파기를 못 합니다. 그리고 조선에 설치한다고 하면 독일이 오히려 좋아할 가능성이 높습니다."

대원군이 고개를 갸웃했다.

"어째서 그런가?"

"다른 나라는 전쟁까지 치러 가며 개항하려 했던 나라가 조선입니다. 그런 조선과 협상의 끈이 생겼는데 독일이 싫어할 리가 없지요."

"아! 그렇게 생각할 수도 있겠구나."

"아마도 독일은 이번 일을 좋은 기회라고 생각할 겁니다.

그래서 적당히 양보하는 척하면서 조선과의 외교 접점을 만들려는 시도를 할 것입니다. 그리고 독일은 서양의 다른 나라와 달리 조선에 큰 도움이 될 수 있는 나라입니다."

대원군이 놀라워했다.

"대단하구나. 설명이 이렇게 자연스러운 것을 보니 처음부터 그런 사정까지 고려했던 것이었어."

"그렇습니다. 이런저런 사정을 고려해 제철 장비를 영국이 아닌 독일에서 구입한 것입니다."

"영국도 제철 기술이 뛰어나단 말인가?"

"물론입니다. 제철 기술은 영국도 우수합니다. 그러나 영국은 조선에 대해 별 관심도 없고 기술이전에도 인색합니다. 그런 영국에서 제철 기술을 도입하려 했다면 거부되었거나 아주 까다로운 조건을 받아들여야 했을 겁니다. 더구나 일본이 아닌 조선이라면 굴욕에 가까운 조건을 받아들여야 했을 것입니다."

대원군은 감탄했다.

"허허! 들을수록 놀랍구나. 만일 우리가 그런 일을 했다면 기술을 넘겨주는 것만으로도 감지덕지했을 일이다. 그런데 마고부대는 향후 전개될 상황까지 고려해 가면서 협상하였구나."

"그렇습니다."

대원군이 개장되고 있는 전함과 범선, 그리고 마고부대의 건물을 죽 둘러봤다. 그러면서 복잡한 표정을 짓던 대원군이 대진을 바라봤다.

"조선의 대원군으로 참으로 부끄럽고 창피하기 그지없구나. 그대들이 이렇게 노력을 하고 있는데 우리는 이전투구만 하고 있었어. 내 이 은혜를 어떻게 갚아야 할지 모르겠어."

"아닙니다. 우리가 좋아서 하는 일이고 또 누군가는 반드시 해야 할 일입니다."

"안타깝게도 우리 조선에서는 이런 식으로 대계를 세운 적이 없었네. 돌이켜 보니 그저 주먹구구식으로 그때그때를 넘겨왔었어."

"경험이 부족해서 그렇습니다."

그 말에 대원군이 큰 관심을 보였다.

"그게 무슨 말인가? 경험이 부족하다니?"

"조선은 국가 계획을 체계적으로 세워 본 적이 없을 겁니다. 만일 조선이 국가 개발계획을 계획성 있게 추진했다면 지금과는 전혀 다른 나라가 되었을 것입니다. 그리고 우리처럼 개발계획을 체계적으로 수립하는 나라는 서양에도 거의 없습니다."

"아! 그런가?"

"예, 그러니 조선도 결코 늦지 않았습니다."

대원군이 결의를 다졌다.

"알겠네. 내 돌아가면 그대들과 가장 먼저 그 일부터 추진하겠네."

"저희도 최선을 다하겠습니다."

본부를 둘러본 대원군은 헬기를 타고 나리분지로 넘어갔다. 연초만 해도 숲이 우거져 있던 나리분지는 대부분이 전답으로 바뀌어 있었다.

대진은 그렇게 조성된 전답 중 논으로 대원군을 안내했다. 도착한 논에는 벼가 심겨 있었다.

대진이 설명했다.

"여기 벼는 우리가 가져온 볍씨를 파종한 것입니다. 이 볍씨는 미래의 농업학자들이 몇십 년에 걸쳐 개량한 품종입니다. 이 벼는 병충해에도 강하고 바람에도 잘 쓰러지지 않습니다. 그리고 무엇보다 중요한 생산량이 조선 벼의 1.5배 이상입니다."

대원군의 눈이 커졌다.

"그게 정말인가? 생산량이 그렇게 많은 것이?"

"우리의 자료에 따르면 그렇습니다."

"놀랍구나. 기술은 상공업만 발전시킬 뿐만 아니라 농업도 발전시키는 구나."

"물론입니다. 농업도 과학기술이 있어야 신품종을 개량할 수 있습니다. 그리고 병해충을 예방하고 벼의 생육을 촉진하기 위해서는 과학기술로 만든 비료도 필요합니다."

대원군은 몇 번이고 고개를 끄덕였다.

"이 사실이 알려지면 아마도 큰 반향이 불러올 거야. 조선의 유학자 대부분은 개방을 반대하고 있지. 농업을 권장해서 세상이 요순의 시대처럼 되어야 한다고 생각하고 있고. 그런데 실상은 기근과 한발이 겹치면서 백성들의 삶이 늘 곤궁했다네. 만일 농업을 위해서 기술 혁신이 필요하다는 사실을 알게 되면 상당히 혼란스러울 거야."

"우리에게 나쁘지 않은 일이군요."

"그렇다 뿐이겠나. 아마도 자발적으로 개혁 개방에 동참하는 자들이 대폭 늘어날 거네."

대원군은 마고부대가 식량 증산을 위해서도 노력한다는 사실에 큰 감명을 받았다. 그래서인지 이전보다 마음을 더 열고서 적극적으로 임했다.

다음 날.

이른 아침 화력 시범이 있었다.

시범은 마고부대가 개발한 신형 소이탄 하나로 족했다. 소이탄의 위력을 본 대원군은 자리에서 벌떡 일어날 정도로 놀랐다.

대원군은 마고부대와 뜻을 함께하기로 마음을 굳힌 상태

였다. 그래서 다른 화력 시범은 설명을 듣는 것만으로도 충분했다.

이어서 개혁 계획의 논의가 있었다.

이 논의에는 계획을 준비해 온 각 부서의 부서장도 참석했다. 대원군은 열정을 갖고 임했다. 그래서 부서장의 설명이 끝나면 질문 공세를 퍼부어 댔다.

한양.

대원군이 갑자기 마고부대로 떠나고 난 뒤 한양은 발칵 뒤집혔다. 워낙 중대한 사안이었기에 국왕은 도성의 병력을 모두 풀었다.

병사들은 왕명으로 도성의 모든 집을 샅샅이 뒤졌다. 평상시였다면 문도 열고 들어가지 못할 권문세가도 예외가 아니었다.

그러나 하늘로 사라진 대원군을 어디에서 찾는단 말인가. 시간이 지날수록 한양의 분위기는 뒤숭숭해졌으며 온간 소문이 난무했다.

이상한 소문이 돌자 포청이 나서서 백성들의 입을 단속하기 시작했다. 그 바람에 한양의 공기가 바짝 얼어붙으면서 길에는 왕래하는 사람들조차 자취를 감췄다.

이러한 시기.

민승호는 매일 왕비를 찾았다.

"어떻게 아버님의 행방은 찾았습니까?"

민승호가 고개를 저었다.

"지난 사흘 동안 백방으로 뒤지고 다녀도 오리무중입니다. 아무래도 사달이 난 것 같습니다."

왕비는 후련한 표정을 지었다.

"잘되었군요. 우리를 위해서라도 이대로 돌아오지 않으셨으면 좋겠네요."

"저도 그러기를 바라지만 지금은 뭐라 속단할 수가 없습니다. 하늘에서 군대가 내려와 자형을 잡아갔다는 말도 믿을 수가 없고요."

"그건 운현궁에 있던 자들을 모조리 조사해서 사실로 판명되지 않았습니까?"

"그렇기는 하지만 이치적으로 말이 안 되지 않사옵니까? 그리고 그 일이 소문나면서 한양 전체가 뒤숭숭해졌고요."

중전의 목소리가 은근해졌다.

"그래서 드리는 말씀인데, 차라리 소문을 더 크게 내시지요? 하늘이 악독한 대원군을 잡아갔다고요. 소문이 그렇게 돌면 아버님을 따르는 자들도 크게 동요하지 않겠습니까? 그러면 우리가 추진하는 일에도 한층 도움이 될 것이고요."

민승호가 자신의 허벅지를 쳤다.

"그거 아주 절묘한 생각이십니다. 역시 마마께서는 시류에 대처하는 능력이 탁월하십니다."

왕비가 싱긋이 웃었다.

"고마운 말씀이네요. 그리고 오라버니께서 최익현을 만나 소문을 전하면서 상소를 훨씬 더 격하게 쓰라고 전해 주세요."

"알겠습니다."

민승호는 대궐을 나오자마자 사람을 풀어 소문을 내게 했다. 가뜩이나 뒤숭숭하던 판이었기에 소문은 급격히 번져 나갔다.

그리고 11월 3일.

최익현이 다시 상소를 올렸다.

이 상소에서 최익현은 당장 물러나야 한다며 대원군을 격렬하게 비판했다. 그러고는 대원군이 사라진 것이 하늘의 심판이란 말까지 했다. 그러면서 또다시 조정 대신들도 싸잡아 비판하고는 서원 철폐 폐지와 만동묘 부활을 건의했다.

이날 밤.

한양의 밤하늘에 꽃이 피었다.

3장

한양의 밤하늘에 V-22가 몰려왔다.

타! 타! 타! 타!

V-22의 굉음이 모두가 잠에 취해 있는 한양의 밤을 뒤흔들었다. 몰려온 V-22는 모두 12기로, 한양 각처에 300여 명의 병력을 풀어놓았다.

쾅!

한참 단잠에 빠져 있던 민승호는 갑작스러운 굉음에 놀라 벌떡 일어났다. 그러나 바로 정신을 차리지 못하고 있었는데 누군가 문을 박차고 들어왔다.

민승호가 소리쳤다.

"웬 놈이냐?"

그런 그의 얼굴에 갑자기 플래시가 비춰졌다. 그 때문에 맞은편 사람이 제대로 보이지 않았다.

"이, 이게 무엇이냐?"

"그대가 민승호가 맞나?"

"네 이놈! 대체 어떤 놈이기에 감히 나에게 하대하는 것이냐?"

민승호는 다짜고짜 욕부터 해 대었다.

그런 모습에 특전팀장은 어이가 없었다. 본래는 순순히 끌고 가려고 했으나 안하무인 하는 모습을 보고는 이를 갈았다.

"으득! 말로 해서는 안 되겠다. 당장 제압해!"

지시가 떨어지자 한 명이 앞으로 나섰다. 민승호는 그제야 두려워하며 급히 몸을 뒤로 뺐다.

"이, 이게 대체 무슨 짓이야?"

특전대원은 대답 대신 개머리판으로 그의 안면을 강타했다.

퍽!

"으악! 네 이놈!"

또다시 욕설이 퍼부어지자 특전대원의 손에 힘이 더 들어갔다.

퍽! 퍽!

무자비한 구타가 이어지자 민승호가 곧바로 피투성이가 되었다. 그 모습을 지켜보던 특전팀장이 질문했다.

"이제는 제대로 말을 할 수 있겠습니까?"

"으……으! 그대들은 누구요? 대체 누구기에 아닌 밤중에 몰려와 나를 이리 학대하는 것이오?"

특전팀장이 주머니에서 종이를 꺼냈다. 그 종이를 플래시로 비추고서 읽어 내려갔다.

"민승호, 나이 44세, 전 병조판서. 왕비의 친정 오라버니임을 무기로 지난 10년 동안 각종 이권에 개입해 수많은 뇌물을 챙김. 특히 사리사욕을 위해 붕당을 조직하고 매관매직을 일삼음. 더구나 외척의 세를 규합해 대원군을 몰아내고 정권을 장악하려는 음모의 주동자!"

특전팀장의 말을 듣던 민승호가 호통쳤다.

"그대들은 대체 누구기에 내 행적을 조사한 것이냐?"

"우리는 대원군의 명을 받고 조선의 화근을 제거하기 위해 출동한 병력입니다. 그러니 더 이상 반발하지 말고 순순히 우리의 지시에 따라 주었으면 합니다."

그 말에 민승호는 크게 놀랐다.

"무엇이라고? 대원군?"

"그렇습니다."

"아니! 실종되었던 자형이 언제 돌아왔단 말인가! 그런데 무슨 권한으로 나에게 이런 굴욕을 준단 말인가? 나는 절대 따를 수 없다. 나를 데리고 가려면 왕명을 받아 와라!"

민승호는 완강히 버텼다.

자신은 국모의 오라비다. 그런 자신을 무차별로 구타할 군대가 조선에 어디 있단 말인가.

그런데 입고 있는 복장은 생전 처음 보는 복장의 군대였다. 더구나 다른 사람도 아니고 대원군의 명으로 자신을 잡으러 왔다고 한다. 그런 병력에게 끌려가는 순간 훗날을 기대할 수 없다는 판단이 들었다.

특전팀장이 한 번 더 권했다.

"끝까지 벌주를 마셔야겠습니까? 이러지 말고 순순히 우리의 지시에 따르시지요."

"안 간다. 죽으면 죽었지 절대 가지 않는다."

"그럼 죽어야겠네."

순간 특전팀장의 눈에서 불이 일었다.

컴컴한 방이었음에도 그 눈을 본 순간 민승호는 등줄기가 서늘해졌다. 그는 그런 두려움을 떨쳐 버리려고 더 크게 소리쳤다.

"돌아가라! 지금 돌아가면 조금 전의 수모는 내 깨끗이 잊겠다!"

특전팀장은 기가 막혔다.

"어처구니가 없네. 아직도 호통치면 우리가 물러날 거라고 착각하고 있나 보네. 안 되겠다. 저런 사람을 그냥 데리고 갔다간 무슨 짓을 저지를지 모른다. 안타깝지만 나중을 위해서라도 곱게 다져 줘야겠다. 완전히 제압하도록 해!"

말이 끝나기가 무섭게 특전대원들이 성큼 다가갔다. 그것을 본 민승호는 당황하며 손을 내저었다.

"물러가라! 아무도 내 몸에 손대지 마라!"

퍽! 퍽! 퍽!

그러나 특전대원들은 가차 없이 민승호를 제압했다. 평생 남에게 손도 잡혀 보지 않았던 그는 이내 곤죽이 되어 버렸다.

"끌어내라!"

특전팀장은 냉정하게 지시하며 밖으로 나갔다. 그렇게 밖으로 나온 사랑채 마당에는 민승호의 가복과 서생 등 수십 명이 제압되어 있었다.

"대감!"

민승호가 끌려나오자 마당이 난리가 났다. 그런 사람들 중 일부는 뛰쳐나가려 했으나 케이블타이에 제압된 몸은 마음 대로 운신을 못 했다.

특전팀장은 제압된 민승호를 케이블타이로 결박하고는 끌고 나갔다. 그런 민승호를 본 가복들은 대성통곡을 했다.

같은 시각.

대원군도 운현궁에 돌아왔다.

굉음이 들리자 운현궁의 반응은 이전과 완전히 달라졌다. 굉음 소리가 들림과 동시에 운현궁의 온 마당이 환하게 밝아졌다.

운현궁에는 수십 명의 병력이 호위하고 있었다. 그들은 대원군이 사라진 날부터 교대로 밤을 새우고 있었다.

그 병력이 끙음과 함께 준비한 화톳불을 밝힌 것이다. 그렇게 환하게 밝아진 마당으로 대원군이 안전망을 타고 내려왔다.

"주인마님!"

가장 먼저 천하장안이 달려왔다. 대원군은 그렇게 달려온 천하장안을 보고는 치하했다.

"모두들 고생이 많구나."

천희연이 나섰다.

"저하! 이게 대체 어떻게 된 일이옵니까?"

대원군이 손을 들었다.

"자세한 사정은 추후 알려 주겠다. 그보다 하늘에 있는 병력이 내려와야 하니 마당을 비우도록 해라."

"하, 하늘에 있는 병력이라고요?"

"그래, 그러니 천 서방이 서둘러 사람들을 물리도록 해라."

너무도 황당한 명이었다. 그러나 며칠 전의 상황을 떠올린 천희연은 조심스럽게 머리를 조아렸다.

"혹시, 지난번의 그들과 함께 온 것이옵니까?"

대원군이 호통을 쳤다.

"어허! 지금 내 명에 토를 단 것이냐? 자세한 사정은 추후 알려 주겠다고 했을 터인데!"

천희연이 급히 부복했다.

"송구합니다. 워낙 황망된 명이어서 소인이 잠시 정신이 나갔사옵니다."

"되었다. 어서 일어나 마당부터 수습하라."

"예, 저하."

천희연이 일어나 급히 사람들을 물렸다. 그렇게 비워진 마당으로 특전대원들이 쏟아져 내려왔다.

최루탄을 사용하지 않아 방독면을 착용하지 않았다. 그러나 위장크림을 바르고 있어서 조선인들이 보기에는 여전히 두려운 모습이었다.

특전대원들이 모두 내려오자 대원군이 노안당으로 이동했다. 그렇게 노안당의 대청에 오른 대원군이 지시를 쏟아 냈다.

"청지기는 지금 즉시 우포청으로 내 지시를 전하도록 하라."

청지기가 휴대용 지필묵을 꺼내 들었다.

"하교하여 주십시오."

"오늘 나와 함께 온 병사들은 하늘에서 내려온 마군이다. 마군은 우리 조선을 누란의 위기에서 구해 주기 위해, 나라를 좀먹는 간신들을 모조리 찍어 낼 것이다. 그 일환으로 민승호와 그를 추종하는 자들, 그리고 탐학한 관리들을 모조리 추포하라 명했다. 그 명에 따라 지금 한양 일대에서는 추포 작전이 벌어지고 있으며……."

지시를 적어 내려가던 청지기의 손이 떨렸다. 그런 청지기에게 추상같이 호통이 떨어졌다.

"정신을 차려라! 지금 나라의 명운을 건 거사가 진행되고 있음을 명심하라!"

"소, 송구합니다, 저하."

이때였다.

타! 타! 탕!

어디선가 연발총성이 울렸다. 그 소리를 들은 대원군의 인상이 굳어졌으나 지시는 멈추지 않았다.

"그렇게 체포한 자들은 모조리 우포청에 하옥시킬 것이다. 허니 너는 지금 즉시 우포도대장 백낙정(白樂貞)을 찾아가 내 명을 전하라."

"하교하여 주십시오."

이어서 대원군이 분명하게 명을 전했다. 그 내용을 한 번 더 확인한 청지기가 소리쳤다.

"대감의 명을 반드시 전하겠사옵니다!"

대원군이 지시했다.

"혹시 모르니 운현궁의 병사들도 데리고 가도록 해라."

"예, 대감."

청지기가 서둘러 나갔다. 그런 청지기의 뒤로 병사 수십 명이 뒤를 따랐다.

대원군의 명이 이어졌다.

"천 서방은 지금 즉시 사람을 풀어 영돈녕부사 대감과 좌상과 우상 그리고 내가 지목하는 판서들을 모셔 오도록 해라."

그리고 판서들을 지목했다.

"······이상이다."

"최대한 빨리 영을 전하겠사옵니다."

천희연이 달려 나갔다.

대원군의 지시가 이어졌다.

"하 서방도 사람을 풀어 훈련대장과 삼군영의 대장들을 모조리 불러들이도록 하라. 그리고 장 서방과 안 서방은 병력을 풀어 운현궁을 방어하라."

"예, 대감."

세 사람이 동시에 달려 나갔다. 그들의 뒷모습을 확인한 대원군이 특전팀장을 돌아봤다.

"민승호의 일은 잘되었는지 확인할 수 있나?"

"기다려 보십시오."

특전팀장이 헤드셋을 켰다. 그러자 북촌에 있던 특전팀장이 연결되어 상황을 확인했다.

"민승호 대감을 체포했다고 합니다. 그런데 체포 도중 저항이 많아 어쩔 수 없이 무력을 써서 제압했다고 합니다."

대원군이 고개를 저었다.

"안타깝지만 어쩔 수 없는 일이야. 승호의 성격이 거칠어서 쉽게 머리를 숙이지 않았을 거다."

대원군이 노복에게 명을 내렸다.

"너는 가서 마님께 내가 왔다 아뢰고 관복을 내오라고 말씀드려라."

"예, 저하."

잠시 후.

부대부인 민 씨가 버선발로 달려왔다. 본래는 조용한 성품이었으나 며칠 동안 실종되었던 대원군을 보니 절로 목소리가 높아졌다.

"아이고, 저하! 그동안 대체 어디에 계시다 오신 것이옵니까?"

대원군은 눈물범벅인 부대부인을 보고는 한숨을 내쉬었다. 조강지처라는 말처럼 고난을 함께한 사람이어서인지 마고부대에 있을 때 가장 많이 생각났었다.

"부인, 안으로 들어갑시다."

대원군은 부인을 다독여 사랑으로 들어갔다. 그러자 특전대원들이 노안당의 주변을 이중으로 경호했다.

방으로 들어온 부대부인은 한바탕 눈물을 쏟았다. 대원군은 그런 부인을 적당히 말로 다독여 보내고는 관복을 갖춰입었다.

형조판서 이경하가 먼저 달려왔다.

이경하의 자택도 북촌이다. 그래서 V-22의 굉음을 누구보다 먼저 들으면서 잠을 깼다.

잠에서 깬 그는 크게 놀랐다.

곳곳에서 들리는 비명소리에 바로 사달이 났음을 짐작했다. 그래서 급히 관복을 챙겨 입고 있었는데 운현궁에서 기별이 온 것이다.

며칠 동안 사라졌던 대원군의 부름이었다. 기별을 듣는 순간 이 새벽의 변고가 대원군과 연관이 있음을 바로 짐작했다.

무과 출신인 그는 판서로서의 체면도 내팽개치고 운현궁으로 달려왔다. 그렇게 달려온 노안당 대청에는 대원군이 관복을 입고 앉아 있었다.

운현궁에서 대원군이 관복까지 챙겨 입는 경우는 좀체 없었다. 더구나 그런 대원군의 주변에는 생전 처음 보는 이상한 모습의 병력이 에워싸고 있었다.

이경하의 허리가 절로 굽혀졌다.

"저하! 이게 어인 일이옵니까? 며칠 동안 대체 무슨 일이 있으셨사옵니까?"

"하늘의 부름을 받아 며칠 다녀왔습니다."

그 말에 이경하의 눈이 커졌다.

"그게 무슨 말씀입니까? 하늘의 부름을 받으셨다니요? 그런데 이 병사들은 생전 처음 보는데 대체 어디서 온 누구입니까?"

대원군이 손을 들었다.

"자세한 사정은 잠시 후에 설명하겠소이다. 그러니 모든 분이 오실 때까지 잠시 기다려 주시지요."

이경하가 바로 수긍했다.

"알겠습니다. 그런데 저하. 한양 곳곳에서 괴이한, 아! 저처럼 생전 처음 보는 병사들이 조정 대신들을 무자비하게 체포하고 있다고 합니다."

대원군이 고개를 끄덕였다.

"그 모두 내가 지시한 일입니다."

"예? 저하께서요?"

"그렇습니다. 그 또한 함께 설명드릴 터이니 잠시 기다려 주시지요."

"아, 알겠습니다."

묻고 싶은 말이 하나둘이 아니었다. 그러나 대원군의 서슬에 이경하가 바로 물러났다.

이어서 사람들이 몰려들었다.

훈련대장 이용희(李容熙), 금위대장 이장렴(李章濂), 어영대장 양헌수(梁憲洙)이었다. 이들 전부는 대원군에 의해 발탁한 무장들이었다.

이장렴은 대원군과 남다른 인연이 있었다.

이장렴은 대원군의 야인 시절 방탕한 모습을 보고는 뺨까지 때리며 꾸짖었다.

훗날 대원군은 집권하고 그를 불러 지금도 그럴 수 있느냐고 물었다. 이장렴은 주저 없이 그런 일이 또 생긴다면 다시 그럴 거라 말을 했다.

집권 초, 나는 새도 떨어트릴 수 있는 대원군에게 당당히 소신을 밝힌 것이다. 이런 강직한 성품을 높이 산 대원군은 이후 그를 중용했다.

이용희와 양헌수는 병인양요 당시 프랑스를 물리치는 데 지대한 공을 세운 무장이다. 대원군은 그런 두 무장을 중용하면서 쇄국정책을 강화해 왔다.

이들에 이어 홍순목과 좌상, 우상, 그리고 판서들도 줄지어 들어왔다. 모든 사람들은 대원군을 보는 순간 하나같이 놀라며 안부부터 물었다.

대원군은 그들의 인사를 담담히 받았다. 그러고는 굳은 표정으로 영화루로 올라가 잠시 기다리라는 말로 이들을 대기시켰다.

대신들도 변고 사실을 알고 있었다.

이들도 대원군을 보는 순간 그 변고의 이유를 어렵지 않게 짐작할 수 있었다. 그랬기에 한편으로는 가슴을 쓸어내리면서 노안당의 접견실인 영화루로 올라가 앉았다.

작전에 투입된 12기의 V-22에는 특전대원과 해병대원이 분승해 있었다. 한양에 투하된 병력은 민승호 일파와 고위 탐관들을 대거 체포했다.

그렇게 한양 도처에서 체포된 인사들은 100여 명이나 되었다. 그들은 모조리 우포청으로 압송되었다.

반발도 상당히 발생했다.

그러나 마고부대는 이런 반발을 조금도 용서하지 않고 무력으로 제압했다. 그리고 운현궁 병사들이 당도하면서 이런 반발도 없어졌다.

"국태공 저하의 명이오!"

운현궁의 병사들의 외침에 체포된 자들은 바로 상황을 파악할 수 있었다. 이들은 반발 대신 지금의 위기를 어떻게 벗어나야 할지로 머리를 굴리기 시작했다.

영화루의 대신들은 착잡했다.

운현궁에 도착하고 꽤 시간이 지났다. 여명이 걷히고 날이 훤해졌음에도 대원군은 대청에서 움직이지를 않았다.

대원군은 겉으로는 냉정했다.

그러나 실상은 피가 끓을 정도로 절박했다. 국가 개조를 위해 오늘 거사는 반드시 성공해야 한다.

그러기 위해서는 목표한 대상을 전원 체포해야 한다. 만일 대상 확보에 실패한다면 내전도 감수해야 하는 상황이었다.

일각이 여삼추 같은 시간이 흘렀다. 이때 특전팀장의 헤드셋으로 무전이 날아왔다.

"모든 대상을 전부 체포했다고 합니다."

"아! 다행이구나."

"그런데 안타깝게도 민겸호는 칼을 들고 저항하는 바람에 사살할 수밖에 없었습니다."

그 말에 대원군이 한숨을 내쉬었다.

"후! 끝내 사달이 났구나. 내 겸호의 성정이 급박해서 언젠가 큰일을 낼 것 같았는데……. 쯧, 어쩔 수 없지. 다른 인명피해는 없었나?"

"아군의 피해는 전무합니다. 다만 일부 인사가 거칠게 저항하는 바람에 무력 진압이 꽤 있었다고 합니다."

"어쩔 수 없는 일이지."

대원군이 대청에서 일어났다. 그리고 중신들이 기다리고 있는 누각으로 올라갔다.

국왕의 하루는 파루(罷漏)에 시작된다.

이때가 오경삼점(五更三點)으로 대략 새벽 4시경이다. 여명도 밝기 전 일어난 국왕은 왕비와 함께 웃전에 문안을 드리는 일로 하루를 시작한다.

그래서 V-22의 움직임을, 국왕 부부는 누구보다 먼저 확인할 수 있었다. 여명도 밝기 전이었으나 굉음과 V-22의 웅장한 모습 덕에 어렴풋이 짐작할 수 있었던 것이다.

국왕은 놀라 몸을 떨었다.

"저, 저게 대체 무엇이더냐?"

상선도 모르기는 마찬가지였다.

"소인도 생전 처음 보는 기물이옵니다."

국왕은 순간 두려웠다.

"아아! 생전 듣도 보도 못 한 물체가 하늘에 떠다니다니.

이상 현상이 발생하면 나라에 큰 우환이 생긴다고 했는데, 나라에 변고가 발생하려는 건 아닌지 모르겠구나."

왕비도 두렵기는 마찬가지였다. 그녀는 제법 불러 온 배를 감싸 안으며 떨리는 심정을 진정했다.

"전하! 별일이 아닐 것이옵니다. 너무 성려하지 마시옵소서."

국왕이 불안해하며 한숨을 내쉬었다.

"하아! 중전의 말씀대로 별일이 아니었으면 좋겠소. 그런데 왠지 무슨 일이 일어날 것 같아서 심히 두렵구려."

두 사람은 동시에 대원군을 떠올렸다. 중전은 머리를 흔들어 생각을 급히 지우며 자신의 바람을 밝혔다.

"모든 일이 다 잘될 것이옵니다."

국왕 부부는 아무 일이 아니기를 빌었다. 그러나 두 사람의 바람과 달리 12대의 V-22는 한양 상공에 머물러서는 병력을 쏟아 냈다.

하지만 경복궁의 강녕전 부근에서는 이런 상황이 보이지 않았다. 단지 상공에 잠시 머물렀던 V-22가 이내 돌아간 상황만 파악되었을 뿐이었다.

국왕 부부는 안도했다.

갑자기 들이닥쳤던 먹구름이 걷힌 듯 기분도 한결 풀어졌다. 국왕은 다시 걸음을 옮기면서 웃전의 문안을 끝내고서 무슨 일인지 알아봐야겠다고 생각했다.

대원군이 자리에 앉으며 사과했다.

"기다리게 해서 미안합니다."

영돈녕부사 홍순목이 먼저 나섰다.

"국태공 저하! 이게 대체 어찌 된 상황입니까? 그리고 그
동안 대체 어디를 다녀오신 겁니까?"

대원군이 잠깐 눈을 감았다가 떴다.

그러고는 깊어진 눈길로 방 안 사람들을 하나하나 둘러봤
다. 그의 눈길을 받은 10여 명의 대신들은 자신들도 모르게
긴장했다.

"여기에 모인 분들은 내가 그동안 가장 믿고 의지해 왔다
는 점을 모르지 않을 겁니다."

홍순목이 대답했다.

"우리 모두는 저하의 은혜에 늘 감사하고 있습니다."

이 말에 모두가 고개를 끄덕였다.

"감사한 말씀이네요. 지금부터 내가 하려는 말은 천기누
설과 같습니다. 그래서 미안하지만 여러분에게 비밀 엄수에
대한 다짐을 받고 싶은데, 해 주시겠습니까?"

놀란 박규수가 급히 나섰다.

"저하께서 이런 말씀을 하신 경우는 처음입니다. 대체 어
떻게 중한 일이기에 다른 사람도 아닌 저희에게 이런 말씀을

하시는 것인지요?"

그러자 홍순목이 말했다.

"그만큼 중요한 일이겠지요."

대원군이 동조했다.

"그렇습니다. 여러분께 이런 다짐을 받는 것은 사안이 중
요하기 때문입니다. 특히, 내가 여러분을 믿기 때문에 기밀
을 공유하려고 하는 겁니다. 그리고 비밀을 엄수할 자신이
없다면 지금 말씀하시고 자리를 비워 주세요. 그런다 해도
어떠한 불이익도 돌아가지 않을 겁니다."

이장렴이 나섰다.

"자식에게도 비밀을 지켜야 하는 일입니까?"

"당분간은 그렇다네. 기밀은 우리 조선의 만년대계와 관
련이 있어. 그리고 오늘 일어난 일과도 관련이 있다네."

그 말에 모든 사람들이 긴장했다.

양헌수가 조심스럽게 입을 열었다.

"밖에 있는 병력과도 당연히 관련이 있겠지요?"

"그렇다네. 며칠 전 내가 잠시 자리를 비웠을 때부터 오늘
까지 벌어진 일, 그리고 앞으로 일어날 일들 모두 관련이 있
다네."

대신들은 비로소 알게 되었다.

역모에 준하는 권력투쟁이 벌어지고 있다는 느낌은 받고
있었다. 그런데 대원군에게서 그 사실을 직접 전해 듣게 되

며 그것은 대세가 되어 버렸다.

이장렴의 눈에 힘이 들어갔다.

"역모이옵니까?"

대원군이 분명하게 밝혔다.

"절대 역모가 아니네."

"수많은 대신들을 잡아들이고 있사옵니다. 이를 소인이 어찌 판단해야 하옵니까?"

"조선의 미래를 위해서네. 부정부패 척결과 척족을 이용한 사리사욕을 근절시키려는 용단이네."

이장렴이 다시 확인했다.

"송구하오나 한 번 더 여쭙겠사옵니다."

대원군이 손을 들었다.

"그만하게. 어떠한 일이 있더라도 자네가 우려하는 일은 절대 일어나지 않을 것이야. 만일 그런 일이 발생한다면 자네가 먼저 내 목을 치게."

놀라운 말에 방 안 사람들이 화들짝 놀랐다. 대원군의 결의를 확인한 이장렴은 바로 고개를 숙였다.

"국태공 저하의 의지를 믿지 못해 송구하옵니다. 앞으로 저는 무조건 저하를 지지합니다. 아울러 비밀 엄수도 부모님을 걸고 맹세하겠습니다."

누구보다 강직한 이장렴이다. 그런 이장렴이 먼저 맹세하니 다른 사람들도 하나같이 따랐다.

    방 안의 대신들은 온갖 '정치풍파'를 거치고 지금의 자리까지 올라왔다. 그런 대신들이 보기에 지금은 무조건 대원군을 따라야 하는 시기였다.

    그리고 대부분은 이전부터 대원군을 정치지도자로 따르고 있었다. 그러다 보니 맹세는 충성 서약이나 다름없는 형태로 이뤄졌다.

    대원군이 인사했다.

    "모두들 고맙소이다. 그럼 지금부터 사정을 설명하겠소. 중간에 질문하고 싶은 사항도 많을 것이나 질문은 말을 다 듣고 나서 해 주시오."

    "알겠습니다."

    "일은 저들이 나를 데리러 왔을 때부터 시작되었소이다."

    대원군의 설명이 시작되었다.

    마고부대가 다른 세상에서 왔다고 설명했다. 이어서 마고부대에서 보고 들은 내용을 차분히 전했다.

    모든 사실을 전한 것은 아니다.

    아직은 숨겨야 할 기술도 있었으며 알리지 않는 것이 좋은 사실도 있었다. 특히 미래에서 온 사실만큼은 혼란을 방지하기 위해 일부러 말을 아꼈다.

    그러나 그것을 제외한 내용만으로도 모든 사람을 경악시키기에는 충분했다. 설명이 끝나고도 충격에 빠진 사람들은 잠시 말을 못 했다.

처음으로 이경하가 나섰다.

"정녕 저들이 우리 조선을 구하기 위해 다른 세상에서 왔
단 말씀입니까?"

"그렇소이다. 그렇지 않다면 저들이 어떻게 하늘을 날아
다닐 수 있었겠소?"

홍순목이 고개를 저었다.

"말씀을 듣고도 솔직히 믿기지가 않습니다. 그런데 혹시
양이는 아닐는지요?"

대원군이 고개를 저었다.

"나도 처음에는 워낙 황당한 경우여서 양이를 의심했었
소. 그러나 아니었소이다. 비록 어투가 약간씩 다르기는 하
지만 분명히 우리말을 쓰는 사람들이었소."

이때 박규수가 나섰다.

"이제 그만 믿읍시다. 저도 솔직히 기연가미연가합니다.
허나 국태공 저하께서 우리를 기망할 리가 만무하지 않습니
까? 그리고 말씀을 들어 보면 마군은 막강한 전투력과 기술
력을 보유했다고 합니다. 그런 부대가 나라의 개혁을 위해
도움을 주겠다는데 오히려 우리가 고마워해야지요."

대원군이 동조했다.

"환재(桓齋) 대감의 말씀대로요. 나도 처음에는 직접 보고
도 믿을 수가 없었소이다. 허나 그들과 많은 대화를 하면서
차츰 생각이 바뀌었소. 그리고 그들이 우리 조선의 개혁을

위해 준비하고 있는 상황 등을 점검하면서 믿지 않을 도리가 없었소이다."

대원군이 간략하게 마고부대에서 듣고 보았던 소회를 밝혔다. 정치 감각이 뛰어난 좌의정 강로가 나섰다.

"향후 일정은 어떻게 됩니까?"

"마군의 본진이 들어올 예정이오. 향후 일정은 그들의 본진이 들어오고 나서 시작할 예정이오."

"어떻게 진행하실 것인지, 상세한 일정을 여쭤봐도 되겠습니까?"

그러자 대원군이 숨을 몰아쉬었다.

4장

　대원군이 분명히 밝혔다.

　"시간이 걸리더라도 이번 기회에 나라를 좀먹고 있는 부정부패의 근원을 완전히 쓸어버릴 계획이오. 부도하게 권력을 탐하거나, 사리사욕에 눈먼 자, 권력에 기대어 개인의 영달을 누리려는 자들도 모조리 찍어 낼 것이오. 특히 왕실 족친들의 일탈 행위는 더 이상 두고 볼 수가 없소이다. 그래서 비리를 저지른 족친들도 모조리 찍어 낼 것이오. 그것이 내 족형이든 사위든 아들이든 관계없이 말이오."

　모두의 등줄기가 섬뜩했다.

　이들은 대원군이 이번 일을 벌인 목적을 민씨 일파를 찍어 내는 것으로 짐작했다. 그런데 다른 사람도 아닌 아들과 사위까지 처벌하겠다고 한다.

방 안에 일순 정적이 감돌았다.

바로 이때였다.

타! 타! 타! 타!

갑자기 하늘에서 소리가 들려왔다. 방 안에 있던 대신들이 깜짝 놀라 체면도 잊고 머리를 빼고 하늘을 올려다봤다.

박규수가 놀라 소리쳤다.

"동쪽 하늘에서 뭔가가 날아옵니다!"

이 소리에 모두의 고개가 동쪽으로 몰렸다. 상석에 앉아 있던 대원군이 자리에서 일어났다.

그러고는 하늘을 보고 손짓했다.

"바로 저것이 마고부대가 보유한 하늘을 나는 기체요."

모두들 탄성을 터트렸다.

"아!"

이들이 놀라고 있는 순간 아스라이 들리던 소리는 이내 굉음으로 변했다. 그와 함께 점으로 보이던 V-22의 거대한 몸체가 드러났다.

V-22는 일부러 천천히 날았다.

엄청났다.

땅이 뒤흔들릴 정도로 큰 굉음이었다. 여기에 로터를 포함하면 크기가 30여 미터나 됐다.

이런 동체를 가진 V-22 12기나 하늘을 가로지르는 것이다. 워낙 큰 동체였고 소리도 웅장해 한양 백성들이 보지 않으려야 않을 수 없었다.

12척의 V-22는 운현궁 주변 하늘에 정지했다. 그러고는 11척의 문이 열리고는 병력을 쏟아 냈다.

그렇게 탑승한 병력을 내려놓은 11기는 곧바로 돌아갔다. 그리고 남은 1기는 놀랍게도 운현궁의 넓은 마당에 착륙했다.

타! 타! 타! 타!

조정 대신들은 물론 모든 사람이 경악했다. 그러나 단 1명 대원군만은 담담히 기다렸다.

"마군의 지휘관이 온 모양이니 나는 저들을 맞이하러 가야 합니다. 어떻게, 같이 가 보시지 않겠소?"

이경하가 바로 일어났다.

"당연히 저하를 모셔야지요. 그리고 대체 어떻게 생긴 사람들인지 너무도 궁금하옵니다."

이경하에 이어 다른 대신들도 속속 자리에서 일어났다. 그런 대신들을 잠시 둘러본 대원군은 누각을 나왔다.

V-22기의 문이 열리면서 대진이 병사들과 먼저 밖으로 나왔다. 그리고 뒤이어 해병여단장 장병익과 해병 지휘관들이 차례로 내렸다.

해병대대장 박성기 중령이 소리쳤다.

"하강을 마친 병력은 집결하라!"

명령과 함께 11기에서 내려온 300여 명의 병력이 일제히 집결했다. 순식간에 오와 열을 맞춰 해병대가 도열하는 모습에 마당 주변의 사람들이 술렁였다.

훈련대장 이용희가 탄성을 터트렸다.

"아아! 대단하군요. 저 모습만 봐도 얼마나 훈련을 많이 받았는지 대번에 알겠습니다."

이경하도 동조했다.

"그러게 말입니다. 처음 와 있는 병력도 목석같아서 두려웠는데 저건 더하네요."

대원군이 나섰다.

"갑시다."

대원군과 대신들이 서둘러 노안당을 나왔다. 이러는 동안 장병익과 해병 지휘관들이 도열한 해병 병력의 옆에 섰다.

대원군이 해병 병력의 앞에 섰다.

그러자 박성기가 소리쳤다.

"부대 차려. 대원군 대감께 대하여 받들어총!"

"충! 성!"

마고부대가 충성 구호를 하며 군례를 올렸다. 그 모습을 본 조선의 대신들은 크게 놀랐다.

더 놀라운 점은 대원군의 행동이었다. 대원군은 담담하게 거수경례로 군례를 받은 것이다.

"세워총!"

착!

대대 병력이 일제히 소총을 착지했다. 놀랍게도 착지한 소총의 소리가 하나처럼 들렸다.

대원군이 앞으로 나서서는 장병익에게 서슴없이 손을 내밀었다. 뒤에서 보고 있던 대신들은 이런 대원군의 모습에 또 한 번 놀랐다.

"어서 오시오, 장 장군."

마고부대는 조선에서의 활동을 위해 지휘부의 계급을 조정했다. 그래서 손인석이 대장으로, 이기운이 소장으로 승진했다. 그리고 대령들은 전부 장성으로 승진시켰다.

장병익이 대원군의 손을 마주 잡았다.

"환대해 주셔서 감사합니다."

대원군이 해병여단 지휘부와 일일이 악수를 나누었다. 그러다 대진을 보고는 반색했다.

"이 과장을 보니 반갑네."

"저도 대감을 뵈어서 반갑습니다."

"앞으로 잘 부탁하네."

"최선을 다해 모시겠습니다."

인사를 마친 대원군은 조선의 대신들을 일일이 소개했다. 장병익과 지휘부는 그런 대신들에게 군례를 올리고는 악수를 나눴다.

조선의 대신들은 곤혹스러웠다.

마고부대 지휘관들은 자신들보다 머리 하나는 더 컸다. 거

기다 입고 있는 옷도 기묘할뿐더러 덩치도 산만해서 보기만 해도 절로 위축되었다.

그나마 무관들은 덜했다. 특히 병인양요를 경험한 이용희와 양헌수는 날카로운 눈빛으로 마고부대 지휘관들을 살피기까지 했다.

이들 덕분에 문관들도 쉽게 적응했다. 그러다 나중에는 여유롭게 웃음까지 지으며 악수를 나눴다.

장병익이 특전팀장에게 확인했다.

"먼저 온 수색대대 병력은 어디 있나?"

"우리 1팀과 우포청에 집결해 있습니다."

장병익이 대진을 돌아봤다.

"이 과장이 교신해서 상황을 파악해 봐."

대진이 통신병을 불렀다. 그리고 통신병의 무전기로 교신을 시도했다.

─수색대 나와라! 여기는 둥지다.

─수색대대장 한강진이다.

─충성! 이대진입니다. 현재 위치는 어디입니까?

─우포청에 대기 중이다.

─상황이 어떻게 흘러가고 있습니까?

─모든 목표 대상을 체포했다. 아군의 피해는 없으며……

한강진이 간략하게 상황 보고를 했다. 대진은 그 내용을 장병익에게 다시 보고했다.

조선의 대신들은 크게 술렁였다.

"아니, 저게 대체 뭔데 우포청에 있는 사람과 말을 나눈단 말인가?"

"그러게 말입니다. 저 안에 사람이 들어앉아 있는 것도 아닌데 어떻게 사람의 말이 흘러나올 수 있지요?"

대원군은 무전기에 대해 알고 있었다.

그럼에도 교신을 주고받는 모습에 대단한 호기심을 보였다. 그러나 지금 상황은 그런 궁금증을 해결할 때가 아니었다.

"우포청의 상황은 어떠하던가?"

대진이 교신하고서 대답했다.

"지금까지는 우포도대장께서 적극 협조하고 있어서 문제는 없다고 합니다. 그런데 체포된 관리의 집안사람들이 포청으로 몰려오는 바람에 포청 주변이 상당히 혼란스럽다고 합니다."

대원군이 나섰다.

"훈국과 군영 대장들이 도움을 주셔야겠네."

훈련대장 이용희가 앞으로 나섰다.

"하명만 해 주십시오."

이장렴과 양헌수도 나섰다.

"하명하여 주십시오."

대원군이 미리 작성한 문서를 내주었다.

"지금 즉시 각 군영의 병력을 풀어 뒤숭숭한 도성의 분위기를 다잡도록 하시오."

양헌수가 나섰다.

"저희 어영청이 성문을 방비하겠습니다."

"그렇게 하시오."

대원군이 장병익을 돌아봤다.

"장 장군, 만일에 대비해야 하오. 그러니 마군 병력으로 이분들을 호위하도록 해 주시오."

"그렇게 하겠습니다."

장병익이 대진을 불렀다.

"3개 소대 병력을 차출해서 호위하라."

"예, 알겠습니다."

대원군이 훈련대장 이용희를 바라봤다.

"잠시 후, 훈국으로 일단(一團)의 마군이 하강할 것이오. 그러니 훈국의 연병장을 깨끗이 비워 두어야 하오이다."

"알겠습니다."

3개 소대 병력은 곧바로 차출되었다. 3명의 군영대장들은 이들의 호위를 받으면 각자의 군영으로 달려갔다.

대원군이 대신들을 둘러봤다.

"우리는 입궐해서 주상을 뵈어야 합니다. 그러니 여기에 있는 마군들과 함께 경복궁으로 갑시다."

대신들은 하나같이 동조했다.

"알겠습니다."

장병익이 지시했다.

"대원군대감과 대신 분들을 호위해 경복궁으로 간다. 전 병력은 화기를 점검하고 이동하라."

박정기가 지시했다.

"대대, 앞에총. 각자 소총과 화기 점검."

철커덕! 철커덕!

지시가 떨어지자 대대 병력이 각자가 보유한 화기를 점검했다. 해병대대의 절도 있는 움직임에 조선 대신들의 표정도 절로 굳어졌다.

장병익이 대원군을 바라봤다.

"준비가 끝났습니다."

"가세."

대원군과 대신들이 이동했다.

박정기가 소리쳤다.

"부대! 호위대형으로 포진하라!"

해병대의 포진이 순식간에 바뀌었다.

갑작스럽게 자신들의 옆을 차지한 해병대원들로 인해 대신들이 움찔했다. 그러나 대원군은 마고부대에서 간단한 예행연습을 했던 터라 자연스러운 표정으로 걸음을 옮겼다.

"부대 이동!"

완전무장 병력이 대원군과 대신들을 에워싸고 이동을 시작했다.

이른 새벽부터 이상한 일이 연속으로 일어나면서 한양이 뒤집어졌다. 그러면서 한양의 시선은 마고부대가 하강한 운현궁에 쏠려 있었다.

그런데 운현궁에서 생전 처음 보는 군대가 대원군과 함께 밖으로 나온 것이다.

이 소문이 삽시간에 번지면서 대원군의 행렬로 사람들이 모여들었다. 운현궁에서 경복궁까지는 거리가 얼마 되지 않는데도 인산인해가 되었다.

그리고 마침내 광화문에 도착했다.

그런데 광화문이 닫혀 있었다. 중앙은 국왕의 문이어서 평상시에는 닫혀 있었으나 좌우는 신하의 문이어서 열려 있어야 했다.

V-22가 출몰하면서 대궐도 뒤집혔다. 그러다 국왕이 아침 문안을 드리고 돌아오니 민승호의 집안에서 급보를 알려 왔다.

그 소식에 국왕은 크게 놀라 사람을 풀었는데, 많은 사람이 우포청으로 잡혀간 사실을 알게 되자 급히 대궐문을 잠그게 한 것이다.

대원군이 지시했다.

"궐문을 열라 하라."

대원군을 호종하고 있던 병사가 소리쳤다.

"국태공 저하시다! 어서 대궐문을 열도록 하라!"

이 외침에 광화문의 누각에서 수문장이 나왔다.

"주상 전하의 명을 궐문을 닫았습니다. 송구하오나 어명이 없으면 문을 열 수가 없사옵니다."

그러자 대원군이 앞으로 나섰다. 그는 눈에서 불을 일으키며 수문장에게 호통을 쳤다.

"지금 무슨 소리를 하는 게냐! 네가 감히 나를 두고 궐문을 여니 못 여니 하다니! 어서 빨리 궐문을 열지 못할까?"

수문장은 크게 당황했다.

"소인이 어찌 국태공 저하를 모르겠사옵니까? 하오나 지엄한 어명을 수행해야 하는 처지여서……."

대원군이 소리쳤다.

"모든 책임은 내가 질 것이다! 여기 조정 대신들께서도 함께 왔으니 수문장은 아무 걱정 말고 문을 열도록 하라!"

수문장도 대원군이 대신들과 함께 온 것을 모르지 않았다. 그러나 어명을 받은 상황이었기에 어찌할 바를 모르고 당황했다.

이때 홍순목이 나섰다.

"나는 영돈녕부사 홍순목이다. 문제가 생기면 나를 비롯한 조정 대신들이 책임을 질 것이다. 그러니 수문장은 조금도 걱정 말고 문을 열라."

전직 영의정까지 나서자 수문장도 더 이상 버틸 수가 없었다. 멈칫멈칫하던 그가 소리쳤다.

"국태공 저하께서 오셨다! 궐문을 즉시 개방하라!"

끼익!

병사들이 문을 여는 사이 수문장이 급히 달려 아래로 내려왔다. 그리고 열린 문으로 나와서 몸을 숙였다.

"어서 오십시오, 저하. 바로 문을 열어 드리지 못해 송구하옵니다."

"아니다. 어명이 있었는데 함부로 문을 열어 주면 안 되지. 자네는 자네의 임무에 충실했으니 과보다 공이 많다. 그러니 이후의 일은 신경 쓰지 마라!"

"황감하옵니다. 하온데 이 병력도 함께 입궐하는 것이옵니까?"

"이 병력은 나를 호위하기 위해 하늘에서 내려온 마군이다."

대원군의 말에 숙여진 수문장의 몸이 움찔했다. 아주 짧은 침묵 후 수문장이 말했다.

"그렇다고 해도 병사들이 대궐로 들어가는 것은 법도에 맞지 않사옵니다."

"나도 그 정도는 알고 있다. 이 병력은 홍례문 앞까지만 들어갈 것이니 걱정하지 마라."

"……알겠습니다. 궐문을 활짝 열어라!"

대원군이 뒤를 돌아봤다.

"모두 들어들 가세."

대진은 내심 놀랐다.

'대단하구나. 궐문 수비가 이 정도로 엄중했었구나. 대원군을 대동하지 않았다면 충돌이 일어날 수도 있었던 상황이었어. 다행히 대원군의 권위로 닫힌 궐문을 열었군.'

이런 생각을 하며 광화문을 넘었다. 그렇게 들어간 흥례문 앞 전경은 이전과 크게 다르지 않았다.

대원군이 장병익을 바라봤다.

"장 장군, 대궐에서 무장한 병력이 들어올 수 있는 곳은 여기까지네. 그러니 마군은 이곳에서 잠시 기다리도록 하게."

"알겠습니다."

장병익이 지시했다.

"우리는 이곳에서 대기한다. 박 중령은 장병들을 휴식시키도록 하라!"

지시를 받은 박성기는 대대 병력의 휴식을 지시했다.

이때 다시 V-22기가 굉음을 울리며 날아왔다. 훈련도감은 경복궁과 경희궁 중간에 있었다.

날아온 V-22기는 경복궁 옆에 있는 훈련도감으로 몰려들었다. 대원군은 그런 V-22의 모습을 잠시 바라보다가 대진을 불렀다.

"이 과장은 무장을 해제하고 우리와 함께 가세."

"예, 알겠습니다."

대진의 동행은 사전에 협의한 사항이었다. 그래서 개인화기를 넘겨주고서 대원군을 따랐다.

박성기가 나섰다.

"여단장님, 일이 너무 쉽게 전개되는 것 같습니다. 반발이 꽤 있을 거라고 예상하고 준비했는데 의외입니다. 우리가 경복궁 안으로 들어왔다는 건 상황이 끝났다는 의미 아니겠습니까?"

장병익도 동조했다.

"그러게 말이야. 어느 정도의 충돌은 각오했는데 이건 완전히 상황이 달라."

"그래도 드론은 띄워 놓겠습니다."

"그렇게 해."

여단참모가 가져온 상자를 열었다.

그리고 다른 참모들과 함께 드론을 조작해서 하늘로 띄웠다. 드론은 사방으로 흩어졌으며 이내 동영상을 전송하기 시작했다.

대진은 긴장해서 흥례문을 넘었다.

이전의 경복궁은 훼손이 워낙 많이 되어서인지 무언가 부족한 느낌이 들었었다. 그러나 지금의 경복궁은 웅장했으며 재건한 지 몇 년 되지 않아서인지 모든 건물이 새로웠다.

무엇보다 생동감이 넘쳤다.

경복궁 곳곳의 요소마다 내금위 병력이 배치되어 있었다. 그런 사이사이 내관과 궁녀가 움직이는 모습은 대궐이 살아 있다는 느낌을 주었다.

대원군의 발걸음에는 거침이 없었다.

근정문과 근정전을 지난 대원군은 사정문도 거침없이 지났다. 그렇게 대궐을 가로지른 대원군은 편전인 사정전 앞에서 멈췄다.

상선이 급히 머리를 조아렸다.

"어서 오십시오, 저하."

"주상은 안에 계신가?"

"그러하옵니다."

"고하여라, 나와 여기 대신들이 왔다고."

"그런데 중전마마께서 함께 계시옵니다."

대원군의 이마가 꿈틀했다.

"중전이 무슨 일로 이른 아침부터 편전에 와 있단 말이냐?"

상선이 몸을 더 굽혔다.

"오늘 발생한 해괴한 일과 민승호 대감 형제분의 일 때문에 드셨사옵니다. 어떻게, 불편하시면 주상 전하를 따로 뵙도록 자리를 마련하올까요?"

대원군이 잠깐 생각했다.

"아니다. 그럴 필요까지는 없다. 어차피 중전과 따로 만나려고 했었는데 오히려 잘되었다. 괜찮으니 그대로 고해라."

"잠시 기다리시옵소서."

상선이 월대를 올라가 몸을 숙였다.

"전하! 국태공 저하께서 드셨사옵니다."

"드시라 하라!"

대원군이 대진을 돌아봤다. 관복은 아니지만 전투복도 국왕을 접견하기에 부족함이 없었다.

대원군이 주의를 주었다.

"주상을 뵙는 자리네. 그러니 따로 지목하기 전까지 먼저 입을 열어서는 아니 되네."

"명심하겠습니다."

대진을 챙긴 대원군이 월대를 올랐다. 그런 대원군의 발걸음에 맞춰 사정전의 문이 활짝 열렸다.

전면 5칸, 측면 3칸의 사정전의 내부는 상당히 넓었다.

전각의 안쪽에 국왕 부부가, 그 옆에는 도승지가, 다른 한쪽에는 사관 2명이 자리하고 있었다.

국왕 부부가 일어나 맞았다.

"어서 오십시오, 아버지."

"아버님을 뵙습니다."

대원군이 굳은 표정으로 대답했다.

"두 분도 잘 지내셨습니까?"

국왕은 대진을 보고서 흠칫했다. 그러나 지금은 대진보다 더 중요한 일이 있었다.

"저희들은 무탈하옵니다. 그보다 대체 어떻게 된 일이옵니까? 며칠 동안 아버지께서 사라지셔서 온 나라가 발칵 뒤집혔습니다. 저와 중전은 일각이 여삼추처럼 노심초사했고요."

왕비도 거들었다.

"그렇사옵니다. 주상 전하께서는 아버님께서 사라지신 날부터 지금까지 잠도 제대로 주무시지 못했사옵니다."

대원군이 고개를 끄덕였다.

"나이 든 아비가 두 분께 심려를 끼쳐 드렸소이다. 미안하오."

국왕이 화들짝 놀랐다.

"아닙니다. 사과라니요. 천부당만부당이옵니다."

"허허! 오신 분들도 있고 하니 그만 좌정합시다."

국왕이 급히 권했다.

"어서 좌정하시지요."

"고맙소. 여러분도 그만 좌정합시다."

"황감하옵니다."

국왕과 대원군이 좌정했다. 그것을 본 대신들도 자리에 앉자 국왕이 급히 나섰다.

"아버지, 그동안 어디를 다녀오신 것이옵니까? 그리고 오늘 벌어지고 있는 일은 대체 무엇입니까?"

대원군이 국왕을 바라봤다.

그 눈길을 받은 국왕은 흠칫했다. 이전까지 자애롭던 눈길이 매섭기 한량없었기 때문이다.

"아니, 왜 그렇게 소자를 바라보시옵니까?"

대원군이 눈에 힘을 풀었다. 그러고는 숨을 고르고서 천천히 말문을 열었다.

"주상, 나는 지난 몇 개월 동안 주상의 주변에서 일어나는 일들을 주시해 왔소이다. 그러면서 일단의 무리가 해괴한 일을 작당하고 있다는 사실도 알게 되었지요."

"해괴한 일을 작당하다니요?"

대원군의 눈에서 불이 일었다.

"주상은 정녕! 저들이 작당해서 일을 벌였다는 사실을 몰라서 나에게 묻는 것이오?"

국왕의 심정이 덜컥했다.

국왕은 중전과 민씨 형제의 모의가 발각되었다는 사실에 안색이 변했다. 그리고 오늘 일어나고 있는 일련의 사건의 발단도 알게 되었다.

"……"

국왕이 당황해 반박을 못 했다.

대원군의 추상같은 질책이 이어졌다.

"아비는 그동안 참고 또 참아 왔소. 그러면서 60년 세도로 초토화된 나라를 바로잡는 데 적극적이었던 주상의 영민함을 기대했소이다. 그래서 나는! 주상께서 주변에 있는 탐학한 자들을 분연히 뿌리칠 거란 기대를 갖고 있었소이다. 허나!"

대원군의 목소리가 점점 높아졌다. 그런 만큼 국왕의 고개는 점점 더 아래로 떨어졌다.

"국왕은 그리하지 않았소. 아니, 뿌리치기는커녕 은근히 동조하며 부추기기까지 하더이다."

대원군이 손바닥으로 허벅지를 쳤다.

철썩!

국왕이 몸을 움찔했다.

"주상! 즉위 초에 아비가 당부했던 말을 벌써 잊은 것이오?"

"……무엇을 말씀하는 것이온지요?"

"어떠한 일이 있더라도 외척이 다시 발호해서는 안 된다고 하지 않았소."

왕비도 있는 편전이었다.

그런 자리임에도 대원군은 외척의 발호를 거침없이 지적했다. 왕비의 안색이 급격히 붉어졌으며 편전의 분위기도 가라앉았다.

"조선의 백성들은 오랫동안 외척의 세도에 고통을 받아 왔소이다. 그래서 즉위 초에 외척이 다시 발호해 세도를 펴면 나라가 절단 나니 반드시 경계해야 한다고 말했던 것이오. 이 말이 기억나지 않습니까?"

국왕이 한숨을 내쉬었다.

"후! 기억하고 있사옵니다."

"그런데, 그런데 어찌 주상은 또다시 그런 일이 되풀이 되도록 만들려고 합니까? 정녕 이 나라가 외척의 세도로 절단이 나는 것을 보고 싶으신 겁니까?"

국왕이 변명했다.

"그렇지 않습니다. 소자는 그렇게 만들 생각이 조금도 없습니다."

대원군이 막 최익현의 일을 쏟아 내려고 할 때였다. 가만히 말을 듣고 있던 왕비가 나섰다.

"아버님, 드릴 말씀이 있습니다."

순간적으로 편전이 싸해졌다.

편전에서 다른 사람도 아닌 국왕과 대원군이 국정을 논하고 있었다. 그런데 왕비가 그런 두 사람의 엄중한 자리를 비집고 들어온 것이다.

대놓고 국정에 개입한 것이다.

모든 시선이 왕비에게로 꽂혔다. 화살 같은 수십의 눈총을 받으면서도 왕비는 거침이 없었다.

"오늘 미명에 신첩의 사가로 정체불명의 병력이 난입했다고 하옵니다. 그래서 신첩의 오라버니들을 무자비하게 제압해 우포청으로 압송되었사옵니다. 이 일을 아버님께서 하신 것이옵니까?"

편전의 분위기가 더 싸해졌다.

직접적으로 거명은 하지 않았지만 대원군이 분명 외척들을 잡아들였다는 언질을 했다. 그럼에도 왕비는 대원군에게 잘못을 추궁하듯 질문해 댄 것이다.

대원군은 기가 막혔다.

대궐에는 대원군의 눈과 귀가 많다.

그를 통해 왕비가 요즘 부쩍 정치에 개입하고 있다는 사실은 알고 있었다. 그러나 나름대로 최소한의 도리는 지켜 왔기에 애써 외면해 왔었다.

그런데 이번은 아니었다.

편전에서, 주요 대신들이 보고 있는 앞에서 눈을 똑바로 뜨고 나섰다. 사가에서도 시아버지에게 대드는 며느리는 칠거지악으로 당장 내쫓긴다.

하물며 왕실에서야.

왕비가 민낯을 그대로 드러낸 것이다. 대원군은 너무도 어처구니가 없어 허탈하기까지 했다.

"이보시오, 중전."

"예, 아버님."

대원군의 눈에서 불이 일었다.

"중전은 조선의 국모요? 아니면 아직도 민씨 집안의 여식이오?"

왕비는 누구보다 총명했다.

그랬기에 자신이 실수했으며 대원군의 말의 핵심도 바로 알아들었다. 그러나 너무 잘 알아들은 것이 화근이었다.

왕비는 마음이 급해졌다.

자신이 여기서 숙였다간 사가가 절단 난다는 생각뿐이었다.

사가가 무너지면 자신이 계획하는 일이 완전히 어긋나게 된다. 그리되면 나약한 왕을 조정해 가며 정사를 주무를 수도 없게 된다. 자신의 꿈을 펼치기 위해서는 어떤 일이 있더라도 오라버니들을 구출해 내야 했다.

하지만 시간이 지체될수록 사태는 걷잡을 수 없이 흘러갈 것이었다. 이런 조바심이 왕비의 총명함을 가려 버린 것이다.

왕비가 대원군을 노려봤다.

"아버님, 그게 무슨 말씀이옵니까? 조선의 국모인 제게 왜 그런 하문을 하시는 것인지요?"

"허허! 허허허!"

대원군이 허탈했다.

자신을 노려보는 왕비의 모습에 순간적으로 분노가 치밀었다. 그러나 곧 측은하다는 생각이 들었다.

상황이 급변하면서 국왕이 당황했다.

"중전, 그만 자중하세요. 여기는 편전입니다. 지금 과인과 아버지가 국정을 논하고 있는데 어찌 법도에 맞지 않게 중전이 나선단 말입니까?"

왕비가 급히 몸을 숙였다. 그러고는 울먹이며 하소연했다.

"전하! 신첩도 법도의 엄중함을 모르지 않사옵니다. 그런데 신첩의 사가 오라버니들이 억울하게 끌려갔다고 하지 않사옵니까? 몰랐으면 몰라도 알게 된 이상 신첩이 나서는 것은 혈육의 도리이옵니다. 부디 해량하여 주시옵소서."

왕비가 결국 눈물을 흘렸다. 국왕은 흐느끼는 왕비를 보며 어찌할 바를 몰라 했다.

"중전, 그만 고정하세요. 여기서 이러시면 안 됩니다."

국왕의 만류에도 중전의 울음소리는 높아졌다. 대원군은 허둥대는 국왕을 보며 고개를 저었다.

그러고는 대진을 돌아봤다.

"이 과장은 가져온 책자를 꺼내 주게."

대진이 조심스럽게 다가가 책자를 건넸다. 대원군은 그 책자를 집지도 않고 턱으로 가리켰다.

"중궁전 상궁은 이 책자를 중전에게 전해라."

뒤에 있던 상궁이 급히 나섰다. 그러고는 두 손으로 공손히 책자를 들어서 중전 앞에 놓았다.

책자를 본 중전의 울음소리가 잦아졌다. 대원군은 그런 중전을 보면서 혀를 찼다.

"쯧쯧! 중전에게는 왕실의 안녕보다 사가의 혈육이 더 중요한 모양이오?"

묘한 말이었다.

아니, 말속에 무시무시한 칼이 들어 있었다. 그것을 알아챈 왕비는 온몸에 소름이 돋았다.

그러면서도 책자로 눈이 갔다.

왕비에게는 책자가 마치 살생부로 보였다. 그런 책자를 보는 순간 치솟았던 기세가 힘없이 무너졌다.

대원군은 왕비의 분위기가 변했음을 알았다. 그러나 모른 척하며 책자를 손으로 가리켰다.

"지난 반년여 동안 승호와 겸호의 집에서는 참으로 많은 일이 있었소이다. 그 책에는 두 사람이 그동안 누구와 만나서 무엇을 모의했는지가 상세히 기록되어 있소. 아울러 얼마나 많은 비리를 저질렀는지도 말이오."

왕비의 안색이 하얗게 변했다.

지난 6개월이라면 자신과 두 사람이 모략을 꾸몄던 시기와 겹친다. 그런데 당시 움직임이 낱낱이 기록된 책자라고 하니 심장이 덜컥 내려앉았다.

어떤 내용인지 당장 확인해 보고 싶었다. 그래서 왕비는 황급히 손을 뻗어 책자를 집으려 했다.

그녀를 대원군이 막았다.

"잠깐! 멈추시오."

왕비의 눈동자가 크게 흔들렸다.

대원군이 왜 막는지 이해가 되지 않았다. 책자는 그대로 벼랑으로 밀어 버릴 수 있는 한 수였다. 그런데도 막는 것을 보니 책자보다 더 확실한 증거가 있는 것 같았다.

왕비는 두려운 나머지 대원군을 바로 쳐다보지도 못했다.

그러나 대원군의 말을 달랐다.

"중전, 여기는 편전이오. 만일 편전에서 그 내용이 밝혀진다면 상황 수습은 불가능하오. 그러니 중궁전에 가서 '혼자' 읽어 보도록 하시오."

왕비의 정신이 번쩍 들었다.

대원군의 지적대로 여기서 내용이 밝혀지면 끝장이다. 그리되면 사태 수습은커녕 자신까지 말려들 수도 있다.

대원군이 지시했다.

"중궁전 상궁들은 중전을 내전으로 모셔라."

중궁전 상궁들은 어찌할 바를 몰랐다. 그것을 본 국왕이 나서서 호통쳤다.

"어서 국태공 저하의 명을 따르지 않고 무엇을 하느냐!"

"예, 전하."

중궁전 상궁들이 급히 왕비의 옆으로 다가왔다. 그리고 그녀를 부축하려 할 때 대원군의 목소리가 다시 들렸다.

"조심해서 모시도록 해라. 중전께서는 장차 이 나라의 대통을 이을 원자를 회임하고 계시다."

그 말에 일어나려던 왕비가 휘청했다.

"마마!"

"마마!"

중궁전 상궁들이 급히 그녀를 부축했다. 그러나 왕비의 귀에는 그녀들의 목소리가 들려오지 않았다.

그저 '중전께서는 장차 이 나라의 대통을 이을 원자를 회임하고 계시다.'라는 말만이 들릴 뿐이었다.

왕비는 대원군이 지금 시점에서 이런 말을 왜 하는지 바로 알아챘다. 그녀는 조금 전과 달리 떨리는 목소리로 고개를 숙였다.

"아버님, 신첩은 그만 돌아가겠습니다."

"예, 부디 자중자애하세요. 조선의 국모가 해야 할 가장 큰일은 이 나라의 대통을 잇는 일입니다. 이 아비는 이번에 탄생할 왕손은 원자(元子)임이 분명하다고 믿고 있어요."

그녀의 몸이 더 굽혀졌다.

"황감하옵니다."

왕비가 상궁의 부축을 받으며 편전을 나갔다. 그 순간 무거웠던 편전의 분위기가 일순간 풀어졌다.

방 안 사람들은 알았다.

대원군이 왕비에게 선택할 기회를 주었다는 사실을.

그러면서 왕비가 탈출할 수 있는 길도 열어 주었음을.

국왕도 사실을 모르지 않았다.

그래서 국왕의 목소리가 떨렸다.

"아버지……."

대원군이 고개를 저었다.

"주상! 그만하세요. 더 이상 말하지 않아도 됩니다. 중전은 현명한 사람입니다. 그런 분이 결코 어리석은 선택을 하지는 않을 것입니다."

"그렇겠지요? 아버지께서 보시기에도 중전이라면 분명 현명한 선택을 하겠지요?"

"예, 그러니 믿고 기다려 봅시다."

"알겠습니다. 소자는 아버지만 믿겠사옵니다."

이 말로 끝이었다.

대원군을 찍어 내는 데 동조했던 국왕이 완전히 굴복한 것이다. 대신들은 안도하며 대원군이 자신들을 선택했다는 사실에 감사했다.

그러면서 두려움에 몸을 움츠렸다. 이제부터 시작될 개혁의 피바람이 얼마나 거셀지에 대해 생각이 깊어졌다.

흘러가는 상황을 지켜보던 대진은 마음 한편이 서늘해졌다.

'대단하구나. 잠깐 사이 무시무시한 칼날이 수십 개가 날아다닌 것 같았어. 말로써 사람을 죽이고 살린다는 것이 바로 이런 거였구나.'

동시에 이런 생각도 들었다.

'이전에 대원군이 무력하게 물러나게 된 것은 명분이 없어서였어. 그렇게 된 데에는 대원군의 방심이 결정적이었고. 만일 대원군이 민승호와 그 일족을 정쟁의 대상으로 보고 감시했다면 최익현의 상소 두 장으로 자리에서 물러나는 일은 없었을 거야.'

대진은 앉아 있는 대원군의 뒷모습을 바라봤다. 작은 몸집과 달리 대원군은 확연히 커 보였다.

'그래, 함께해 보자. 대원군이 지금처럼만 해 준다면 조선의 개혁은 생각보다 빨라질 수 있다.'

대원군이 몸을 돌렸다.

"이 과장."

마고부대는 대원군을 대감으로 경칭했다. 그런데 조선에

와 보니 국태공 저하로 불리고 있었다.

대진도 그에 따라 경칭을 바꿨다.

"예, 저하."

"이리 가까이 와서 자신을 소개해 주게."

"알겠습니다."

모두의 시선을 받으며 대진이 대원군의 옆에 앉았다. 그리고 심호흡을 한 번 하고서 설명을 시작했다.

"우리는 다른 세상에서 왔습니다."

대신들은 이미 대원군으로부터 한 번 들은 말이었다. 그러나 대진에게서 직접 듣는 설명은 또 달랐기에 정신없이 빠져들었다.

하물며 처음 듣는 국왕은 더할 수밖에 없었다. 설명이 이어지는 내내 입을 벌리고는 경악한 표정을 하고 있었다.

사정은 다른 사람들도 마찬가지였다.

도승지와 상선은 예의도 잊은 채 몸을 내밀며 귀를 기울였다. 절대 붓을 멈추지 않아야 하는 2명의 사관도 한동안 넋을 놓고 설명을 들었다.

"……그렇게 해서 우리 마군이 국태공 저하와 함께하게 된 것입니다."

국왕이 고개를 저었다.

"후! 믿을 수가 없소이다. 어떻게 이런 일이 일어날 수 있단 말인가? 그대들이 전혀 다른 세상에서 왔다니요."

대원군이 나섰다.

"믿기 어려울 겁니다. 허나 조금의 의심도 말고 믿으셔야 합니다. 아비가 직접 마군의 본진을 다녀왔습니다. 그리고 오늘 있었던 일들을 생각해 보세요. 사람이 타고 하늘을 나는 기체가 있다는 것을 상상이나 해 보셨습니까?"

"그건 그렇습니다. 소자는 그런 기체가 있을 줄은 꿈에도 생각 못 했습니다."

"그렇지요. 그런데 더 놀라운 사실은 기체의 크기입니다. 놀랍게도 한 번에 무려 30명이나 탑승할 수 있습니다."

국왕이 놀랐다.

"30명이나 탄다고요?"

대진이 말을 받았다.

"그렇습니다. 국태공 저하께서 설명하신 기체는 우리가 보유한 수직이착륙기입니다. 기체의 성능은……."

대진이 V-22의 재원을 조선의 도량형으로 풀어 가며 설명했다. 국왕과 대신들은 대원군이 처음 설명을 들을 때보다 더 격한 반응을 보였다.

국왕이 고개를 저었다.

"말을 듣고도 믿을 수가 없구나. 어떻게 여기서 강릉까지 반 시각이면 갈 수 있단 말이오?"

이경하가 거들었다.

"그러하옵니다. 아무리 기물이라고 해도 열흘 가까이 걸리는 거리를 반 시각에 갈 수가 있다니요. 뭔가 계산이 잘못된 듯하옵니다."

대진이 미소를 지었다.

"전혀 그렇지 않습니다. 그렇지 않아도 일간 날을 정해 여러분을 초대해 탑승 행사를 거행할 예정입니다. 그러니 그 문제는 더 이상 거론하지 않으셔도 됩니다."

타 보면 안다는 말에 모두의 입이 다물렸다. 이번에는 가장 적극적인 개화파인 박규수가 나섰다.

"마군들은 양이들과 접촉한 적이 있습니까?"

"물론입니다."

대진이 상해에서의 일을 전했다.

박규수가 감탄했다.

"오오! 대단한 일이오. 마군이 우리 조선의 개혁을 위해 반년 전부터 그런 노력을 기울이고 있을 줄은 몰랐소이다."

그러자 대원군이 대진에게 확인했다.

"이 과장, 사략 작전에 대해 말해 주어도 될까?"

대진이 주의를 주었다.

"사략 작전이 알려지면 상대국과의 전면전이 벌어질 수도 있사옵니다."

"여기에 계신 분들은 우리 조선의 중추시네. 그리고 운현궁에서 마군에 대한 비밀을 맹세했네."

대원군이 도승지를 비롯한 내관과 사관들을 죽 둘러봤다.

그런 눈길을 받은 사람들은 하나같이 굳은 표정으로 고개를 끄덕였다.

대원군이 말을 이었다.

"그리고 편전에 있는 이들은 누구도 일을 발설하지 않을 것이네."

홍순목이 나섰다.

"그래도 국가 대사이니 우리처럼 개인의 맹세를 받는 것이 좋을 듯하옵니다."

좌의정도 동조했다.

"그게 좋을 듯합니다. 대궐은 벽에도 귀가 있다지만, 이번 만큼은 비밀을 엄수하는 것이 좋겠습니다."

국왕도 동조했다.

"과인이 생각해도 그게 좋겠소이다."

국왕까지 나서면서 일사천리가 되었다. 모든 사람이 비밀 엄수를 맹세한 후 대진이 설명했다.

"국가 개혁을 위해서 많은 자금이 필요합니다. 그러나 우리가 조사한 조선은 기반 시설이 너무도 열악했습니다. 농업이 국가의 근본임에도 농업 발전에 대한 국가적 노력을 거의 하지 않았습니다. 그 바람에 수시로 한해가 발생해 양곡이 부족해지는 문제가 발생했습니다. 더구나 국가 발전에 가장 중요한 상공업을 천시해 기반 시설이 거의 전무한 상황이었습니다."

이조판서 김세균(金世均)이 나섰다.

"너무 일방의 주장입니다. 우리 조선도 농업 발전에 많은 노력을 해 왔습니다."

"예, 당연히 그러셨겠지요. 그러나 체계적인 계획이 없는 노력은 별다른 효과를 볼 수 없었을 겁니다. 그저 물만 잘 댄다고 농사가 잘되는 것은 절대 아닙니다."

"그러면 어떻게 해야 한다는 말씀입니까?"

대진이 가져온 수첩을 펼쳤다.

"저는 농업 전문가가 아닙니다. 그래서 우리 마군에 있는 전문가의 조언을 받아 왔음을 이해해 주십시오."

이어서 대진이 경지 정리를 비롯한 농업 기반 조성에 대해 설명했다. 조선의 관리로서는 생각지도 못한 방법을 쏟아 내자 모두가 크게 놀랐다.

김세균이 탄성을 터트렸다.

"참으로 놀랍고 대단합니다. 경지 정리만 제대로 해도 김제평야만 한 땅을 얻을 수 있다니요. 그 말이 사실이라면 나라의 식량 사정이 획기적으로 개선되겠습니다."

대진도 동조했다.

"그렇습니다. 그러기 위해서는 당연히 많은 재정이 필요하고요."

돈 얘기가 나오니 그가 바로 침음했다.

"으음!"

대원군이 나섰다.

"마군 본진에서 개량종 볍씨를 재배하고 있지 않소? 내가 들기로 그 볍씨는 조선보다 1.5배나 수확량이 많고 병해충에도 강하다고 하던데."

뜻밖의 사실에 편전이 크게 술렁였다.

국왕이 큰 관심을 보였다.

"그런 볍씨가 있단 말입니까? 만일 그 볍씨가 보급된다면 우리 조선의 식량난은 대번에 개선되겠습니다."

대원군이 주의를 주었다.

"아직 대량 보급을 할 단계가 아닙니다. 그러니 아직은 너무 기대하지 마세요."

대진이 설명했다.

"그렇습니다. 그 볍씨는 우리 함대가 주둔하고 있던 도시의 시장이 선물한 것입니다. 당시 시장은 함대를 예방하면서 당해 수확한 100포대의 햇벼와 도정기를 선물했었습니다."

국왕이 손을 들었다.

"잠깐, 도정기는 또 뭐요? 도정이란 말이 있는 것을 보니 곡식을 찧는 기계라는 말 같은데요."

"생각하시는 그대로입니다. 우리는 벼를 탈곡하거나 찧을 때는 기계를 사용합니다."

이어서 도정기와 탈곡기에 대해 설명했다. 그 설명에 다시 모든 사람의 탄성이 이어졌다.

대원군이 제지했다.

"질문이 너무 많아 설명이 진척되지 않소이다. 그러니 질문은 다음에 하고 지금은 이 과장의 설명에만 집중합시다."

"알겠습니다."

대진이 고개를 숙였다.

"감사합니다. 설명을 이어 가겠습니다. 조선의 빈약한 기반을 확인한 우리는 고민했습니다. 국가 개혁을 위해서는 막대한 재정이 필요합니다. 최소한의 기반도 필요하고요. 그러나 아무 준비도 되어 있지 않은 조선이었기에 우리는 많은 고심을 했고, 그러다 결정했습니다. 최소한의 자금 마련과 기반 시설 조성을 위한 준비를 먼저 하자고요."

모든 사람이 큰 관심을 보였다.

대진의 설명이 이어졌다.

"우리는 20개의 부서를 만들었습니다. 그렇게 만들어진 부서 중의 의학부가 천연두 항원(抗原)부터 만들었습니다."

모두가 경악했다.

조선에서 천연두는 천형(天刑)이다. 그런 천연두의 항원을 만들었다는 말에 국왕조차 엉덩이를 들썩일 정도로 대단한 관심을 보였다.

대진이 말을 이었다.

"우리도 과거에는 천연두 때문에 무척 고생했었습니다. 그러다 오랜 노력으로 완전히 극복할 수 있었지요. 그로 인해 우리는 천연두 항체를 보유한 사람이 없었습니다. 만일 천연두에 대한 저항력이 전혀 없는 우리가 여러분과 접촉했다면."

대진이 고개를 저었다.

"최악의 상황이 초래됩니다. 그런 사실을 알고 있었기에 최우선적으로 천연두 항원 개발에 전력을 기울였습니다. 다행히 그런 노력이 성공을 거둬 한 달여 만에 예방접종을 할 수 있었지요."

국왕은 더는 참지 못했다.

"정녕, 그게 가능한 일이오? 어떻게 천형과도 같은 천연두 항원을 그렇게 빨리 만들어 낼 수 있는 겁니까?"

"천연두 항원 개발은 크게 어렵지 않습니다. 단지 얼마의 용량을 어떤 방식으로 투여하는지가 더 중요합니다. 다행히 우리가 보유한 의학 서적에 세부 내용이 정확히 기록되어 있었습니다. 그래서 담당 의사가 거기에 따라 항원을 배양해서 빠르게 접종을 마칠 수 있었지요."

이번에는 홍순목이 나섰다.

"그러면 그 항원을 우리 백성들에게도 접종시킬 수 있는 것입니까?"

"물론입니다. 우리는 천연두를 제1군전염병으로 분류합니다. 제1군전염병으로 분류된 병은 국가에서 무상으로 예방접종하게 되어 있습니다. 이는 조선도 마찬가지지요. 그러나 그러기 위해서는 몇 가지 선결조건이 필요합니다."

좌의정 강로가 입을 열었다.

"재정 확보와 의원 수급이 문제이겠구나."

"맞습니다. 모든 일을 추진하기 위해서는 가장 먼저 재정이 있어야 합니다. 국왕 전하를 비롯한 여러분."

대진이 모두를 둘러봤다.

"천형이나 다름없는 천연두를 이겨 낼 기술이 확보되어 있습니다. 항원도 대량으로 배양하고 있습니다. 접종을 한 번만 하면 평생 고통의 굴레에서 해방됩니다. 그런데 재정이 부족해서 일을 추진하지 못한다면 그 자체로 부끄러운 일 아닐까요?"

모두가 동시에 고개를 끄덕였다.

"더구나 국가 재정이 부족한 이유가 만연된 부정부패와 관리들의 태만이라면 어떻게 해야겠습니까? 그렇게 나라를 좀 먹는 자들을 가만두어서는 안 되는 거 아닙니까?"

대진의 말에 모두의 안색이 달아올랐다.

대원군이 자신의 허벅지를 또 쳤다.

철썩!

"걱정 마시게. 당장에 뜯어고칠 것이야. 내 밤을 낮 삼아서라도 부정부패를 반드시 뿌리 뽑겠네. 그래서 마마로 고통받는 조선의 백성들이 한 명도 없도록 만들고야 말겠어."

그러자 다른 이들도 굳게 고개를 끄덕였다.

방 안에 있는 사람들 중 천연두로 가족을 먼저 보내지 않은 사람이 없었다. 몇 사람은 천연두의 흔적 때문에 얼굴이 얽어 있었다. 그런 사람들에게 대진의 설명은 복음이나 다름없었다.

　"지금 우리 의료진은 진통제와 항생제를 비롯한 10여 종의 신약 개발에 전력을 기울이고 있습니다. 그런 신약이 개발된다면 조선 백성들의 수명이 적어도 절반 이상 늘어날 것입니다."

　대진이 아스피린, 페니실린, 소독약, 구충제 등의 약제의 효능과 개발 상황에 대해 설명했다.

　국왕과 대신들은 입을 딱 벌렸다.

　대원군은 이미 알고 있는 사실이었다. 그는 며칠 전에 경악했던 기억을 다시금 떠올리면서 개발 사실을 확인해 주었다.

　"모두 맞는 말이오. 내가 직접 눈으로 확인했으며 담당 의원들에게 확답도 받았었소."

　국왕이 참지 못하고 나섰다.

　"아버지, 무슨 확답을 받으셨사옵니까?"

　"방금 나열한 신약을 반드시 만들어 내겠다고 했소이다. 그러면서 개발 시한도 결코 오래 걸리지 않을 거라 장담했소이다."

　국왕이 장탄식을 했다. 그런 국왕의 목소리에는 물기가 한가득했다.

　"아아! 말만 들어도 가슴이 뛰는구나. 홍역과 천연두가 없어지는 세상이 온다니. 두 역병만 없어져도 어릴 적에 죽는 아이들을 절반 이상은 구제할 수 있을 것이다."

홍순목이 울음 섞인 목소리로 고했다. 그는 누구보다 많은 후손들을 먼저 보낸 사람이었다.

"전하! 하늘의 보살핌이 기어코 우리 조선에 비추었사옵니다. 이제는 천형으로 가족을 먼저 보내 평생 가슴이 후벼 파이는 고통을 겪지 않아도 되겠사옵니다."

다른 대신들도 줄지어 감정을 토해 냈다. 그런 대신들 모두의 목소리에는 물기가 가득 어려 있었다.

대진의 설명은 사전에 준비된 것이었다.

유교 나라인 조선은 실리보다 명분을 중시한다. 그런 관점에서 사략 행위는 비판의 대상이 될 소지가 많았다.

그래서 먼저 농업 육성과 제약 개발을 앞세워 감성을 먼저 자극했다. 그런데 반응이 예상보다 격해서 놀랐다.

대원군이 대진을 바라봤다.

"우리 반응이 너무 격해서 이상한가?"

"아니라는 말씀을 드릴 수는 없겠네요."

"그게 서류와 현실의 차이라네. 이 과장도 조사해서 알겠지만 우리 중 천연두로 가족을 잃지 않은 사람이 없다네. 나도 마찬가지고. 그런 우리에게 천연두는 아무리 애써도 벗어날 수 없는 평생의 굴레라네. 그런 우리가 천형의 굴레를 벗어날 수 있는 길이 열렸으니 어찌 담담할 수 있겠나."

"……예, 이해가 됩니다."

"아마 백성들에게 이 사실이 알려진다면 대성통곡하는 사람이 많이 나올 걸세."

이경하가 동조했다.

"맞습니다. 조선의 백성들은 언제 죽을지 모르는 두려움에서 벗어나지 못하고 있습니다. 그러니 천연두의 두려움에서 벗어났다는 사실만으로도 감정을 주체하기 어려울 것입니다."

홍순목도 동조했다.

"맞는 말입니다. 아무리 좋은 미래보다 중요한 것은 당장의 현실이지요. 백성들은 천연두를 벗어나게 해 준 것만으로도 마군을 진심으로 받아들일 것입니다."

대진이 고개를 숙였다.

"그렇게만 된다면 저희들도 좋지요."

대원군이 나섰다.

"자! 이제 그만. 이 과장은 본론으로 돌아가세."

"예, 알겠습니다. 그렇게 해서 우리는 자금을 마련할 계획을 세우게 됩니다. 그런데 무슨 물건을 만들어 팔거나 금광을 개발한다고 해도 시간이 필요합니다. 그래서 우리는 고심 끝에 서양의 그동안 사용해 온 사략 작전을 도입하기로 했습니다."

그리고 마침내 대진은 사략 작전에 대해 설명했다.

대진의 예상대로 설명을 듣는 대신들은 대번에 불편한 기색을 내비쳤다. 그러나 조선의 개혁을 위해 당장의 자금이 필요하다는 생각을 떠올리고는 무겁게 고개를 끄덕였다.

　　"……우리도 약탈 행위가 좋다고 보지는 않습니다. 그러나 국가 개혁을 위해서는 당장 막대한 자금이 필요하고요. 그러다 기왕이면 명분 있게 사략 작전을 펼치자는 생각을 하게 되었습니다. 그래서 우리는 병인양요와 신미양요를 벌인 프랑스와 미국을 집중 공략하자는 결론을 내렸고요."

　　그러자 곳곳에서 탄성이 터졌다.

　　국왕이 격하게 반응했다.

　　"현명한 결정이오. 두 나라는 우리 조선에 막대한 피해를 입혔소이다. 인명피해도 엄청나 수천의 사상자가 발생했고요. 그런 두 나라를 공략하겠다면 과인도 찬성이오."

　　예조판서 조성교(趙性敎)가 나섰다.

　　"전하의 말씀이 지당합니다. 우리가 힘이 있었다면 우리 강토를 짓밟은 두 나라를 반드시 응징했어야 합니다. 허나 안타깝게도 그러지 못해 늘 울분이 찼었는데, 아주 잘 결정했습니다."

　　이어서 몇 사람도 동조했다.

　　대진이 고개를 숙였다.

　　"감사합니다. 그렇게 대상을 정한 우리는 양국을 집중 공략했습니다."

대진은 그동안의 과정을 설명했다.

국왕과 대신들은 연신 감탄하고 기뻐하며 설명을 들었다. 그러다 개조한 전함을 조선 수군에 인도할 계획이라는 말에는 국왕은 손뼉까지 치며 기뻐했다.

"하하하! 그게 정말이오? 정녕 그대들이 노획한 전함을 우리 수군에 무상으로 양도하겠다는 말씀이?"

"물론입니다. 노획한 전함이 아무리 크고 우수해도 우리에게는 맞지 않습니다."

이경하가 눈을 빛냈다.

"혹시 그 전함의 규모를 말씀해 주실 수 있겠소이까?"

"당연하지요. 그동안 우리가 나포한 서양 전함은 2척입니다. 1척은 4,600여 톤으로 판옥선의 10배 이상의 규모고요. 다른 1척은 그 절반 정도입니다."

"아아! 엄청나군요! 판옥선보다 10배 이상 크다니요. 병인양요에서 본 프랑스 함정도 그 정도는 아니었는데. 그런데 그렇게 큰 함정이 철선이라니 더 놀랍소이다."

대진이 말을 이었다.

"정확히 지적하셨습니다. 서양은 10여 년 전부터 전함을 철선으로 건조하고 있습니다. 그리고 모든 전함에는 바람의 영향을 최소로 줄이기 위해 증기기관까지 장착하고 있지요."

박규수가 거들었다.

"제가 평양감사로 재임할 때 침몰시킨 배는 상선입니다.

그럼에도 증기기관이 장착되어 있었습니다."

"예, 그렇게 상선에도 증기기관을 장착할 정도로 서양의 조선술은 급속도로 발전하고 있지요."

대진은 서양의 과학기술 발전에 대해 한동안 설명했다. 그러면서 그런 서양 세력에 맥없이 무너지고 있는 청국의 상황도 상세히 설명했다.

국왕과 대신들은 청국이 거론되자 표정이 심각해졌다. 조선에게 청국은 상국이고, 넘을 생각조차 못 하는 강대국이면서 선진국이었다.

조선은 지금까지 청국의 상황을 단편적인 정보로만 알고 있었다. 그러다 대진이 조목조목 적나라하게 설명하니 위기감이 크게 고조되었다.

대신들이 술렁이자 국왕이 나섰다.

"청국의 사정이 그토록 어려울 줄은 몰랐소이다. 그런데 청국이 과거의 영광을 되찾을 길은 요원한 것이오?"

대진이 단호하게 고개를 저었다.

"청국은 몇 번이나 재기할 수 있는 기회를 놓쳤습니다. 그리고 부정부패가 워낙 만연해 있어서 지금으로선 불가능 합니다."

우의정 한계원이 모처럼 나섰다.

"정녕 가능성이 없는 것이오?"

"있기는 합니다. 그러나 그러기 위해서는 부정부패부터

일소해야 하는데 그게 불가능합니다."

"결국 부정부패가 문제란 말이구려."

"그렇습니다. 청국이 한족을 평정하면서 최강의 국가가
될 수 있었던 원인은 청렴이었습니다. 그런 청국이 건륭제의
총신이었던 화신(和珅)의 부정부패로 불과 20여 년 만에 절단
났습니다. 그 후 부정부패가 만연해지면서 청국은 과거의 성
세를 두 번 다시 회복하지 못하고 있고요."

모두가 고개를 끄덕였다.

대원군이 한숨을 내쉬었다.

"후! 천하 최악의 탐관인 화신을 모르는 사람이 어디 있겠
소이까. 우리도 화신을 늘 거론하며 부정부패를 경계하자는
말을 하고는 있소. 그러나 그걸 제대로 실행하는 사람이 없
는 게 문제요."

대진이 지적했다.

"그러나 이제는 달라져야 합니다."

"물론이오. 이번 일을 계기로 조정의 면모를 완전히 일신
할 것이오."

대신들의 얼굴이 붉어졌다. 이들은 조선의 관리들에게 청
렴을 요구하는 게 얼마나 어려운지 누구보다 잘 알고 있었다.

그 점을 대진이 짚었다.

"그러기 위해서는 녹봉부터 현실화해 주어야 합니다. 아
무리 이상이 높다고 해도 당장 현실이 지옥이면 만사휴의입

니다. 적어도 관리들이 녹봉만으로 먹고살게는 만들어 주어
야 합니다."

이 말에 모두의 안색이 변했다. 무엇을 하려고 해도 당장
필요한 것이 재정이란 사실이 이들을 답답하게 만들었다.

방 안의 공기가 무거워졌다.

5장

　편전에 있는 누구도 조선의 재정이 열악하다는 사실을 모르지 않는다. 조선의 재정으로는 국가 주도의 사업을 추진하기는커녕 관리의 녹봉도 거의 형식적으로 지급할 정도였다.

　그런 사실을 대진은 대놓고 지적했다. 대신들은 자신들이 제대로 일을 하지 않아서 재정이 열악해진 것 같아 얼굴이 뜨거웠다.

　국왕이 한숨을 내쉬었다.

　"후! 돌고 돌아 결국 재정이구나."

　대진이 동의했다.

　"송구한 말씀이지만 현실은 냉정합니다. 결코 형이상학인 사상만으로는 절대 난국을 타개할 수 없습니다. 뼈를 깎는 고통을 감내해야 하며 때로는 스스로 지옥 불로 뛰어들어야만 개혁이 가능합니다."

박규수가 장탄식을 했다.

"이 과장이 우리 조선의 병폐를 제대로 짚었소이다. 우리 조선의 식자(識者)들은 《사기》의 화식열전(貨殖列傳)은 감명 깊게 읽었으면서도 강태공의 화식치도를 실천할 생각은 하지 못했소이다."

대원군이 아쉬워했다.

"일당독재가 무섭듯이 학문의 외골수는 더 무서운 것 같소이다. 우리 조선은 오로지 성리학만을 신봉한 나머지 상공업을 너무 천시해 왔소. 그 병폐가 오늘날 나라를 이런 지경까지 만들었소이다."

놀라운 일이 일어났다.

조선은 성리학의 나라다. 그래서 유학도 다른 학파는 이단으로 철저하게 배격해 왔다.

대원군도 그렇지만 조정 대신들도 하나같이 성리학자들이다. 그런데 그런 조정 대신들이 대원군의 탄식에 누구도 반발하지 않았다.

사관 한 명이 놀라 잠깐 붓을 멈추었다.

그러나 그도 이내 고개를 숙이고는 묵묵히 업무를 수행해 나갔다. 사관은 사초에 이렇게 기록했다.

조선이 변하고 있다.

대진은 내심 크게 놀랐다.

대원군의 발언에 누군가는 반발할 줄 알았다. 그런데 누구도 나서지 않는 것을 보면서 변화가 이미 시작되고 있음을 느꼈다.

국왕의 발언이 결정적이었다.

"이 과장이라고 했소?"

"그렇습니다."

"그대가 서양 제국에 대한 상세한 정보를 갖고 있다고 했는데. 여기서 그에 대한 설명을 해 줄 수 있겠소?"

불감청 고소원이다.

"물론입니다. 그렇지 않아도 자료를 준비해 온 것이 있습니다."

대원군이 권했다.

"가져온 자료를 보여 드리며 설명하시게."

"예, 알겠습니다. 그런데 자료가 커서 도움을 주셔야 할 것 같습니다."

"상선과 도승지가 거들어 주게."

대진이 두 사람의 도움을 받아 가져온 자료를 펼쳤다. 편전에 있던 사람들은 그것을 보고 크게 놀랐다.

국왕이 놀라 확인했다.

"아니, 이건 만국지도 아니오? 그런데 우리가 알고 있는 지도와는 많이 다른 것 같소이다."

"그렇습니다. 이 지도가 축척에 맞게 작성된 정확한 지도입니다."

"그런데 우리 조선은 어디에 있소이까?"

"바로 여기입니다."

대진이 중국 아래로 작게 튀어나온 땅을 가리켰다.

편전이 크게 술렁였다.

"아니! 우리 조선이 왜 그렇게 작은 거요?"

"작은 것이 아닙니다. 기존에 조선이 보유한 지도가 잘못 그려진 것입니다."

또 한 번 편전이 술렁였다. 대진은 잠시 기다렸다가 누군가 나서려 하자 손을 들고 제지했다.

"지금까지 조선의 세계지도는 조선과 대륙이 중심이었습니다. 그리고 화이사상(華夷思想)에 입각해서 그리다 보니 두 지역은 크게, 나머지는 상대적으로 작게 그렸던 것입니다."

국왕이 독백했다.

"우리 조선이 저 정도밖에 안 되었다니. 참으로 놀랄 일이구나. 조선 밖에 저렇게 넓은 땅이 있었는데. 어리석게도 우리는 저 좁은 땅덩어리에서 이전투구를 벌여 왔다는 거잖아."

대신들도 격하게 흔들리는 눈길로 지도를 훑어봤다. 그들 대부분은 망치로 뒤통수를 맞은 표정을 지으며 충격을 감추지 못했다.

한동안 편전이 조용했다.

"……."

그러다 국왕이 굳은 표정으로 요청했다.

"서양 제국에 대한 제대로 된 정보를 알고 싶소. 설명해 줄 수 있겠소?"

"모든 설명을 드리려면 몇 날 며칠이 걸릴지 모릅니다. 그러니 간략하게 우리가 상대할 몇 나라만 먼저 말씀드려도 되겠습니까?"

"그렇게 하시오."

대진의 설명이 시작되었다.

대진은 미리 이런 일이 있을 것을 예상해 자료를 준비해왔었다. 그래서 설명은 막힘 없이 이어졌으며 설명이 길어질수록 국왕의 안색은 점점 더 흐려졌다.

"……이상으로 서양 주요 국가에 대한 설명을 마치겠습니다."

국왕이 크게 자책했다.

"하아! 참으로 부끄럽기 짝이 없구나. 과인은 우물 안의 개구리였어. 과인은 우리 조선이 외세의 침략을 받지 않은 이유가 병인양요와 신미양요의 승리 때문인 줄 알았다. 그런데 실상은 구태여 전력을 기울여 공략할 가치가 없어서 버려 둔 것이었다니."

"……."

누구도 말을 못 했다.

대신들은 마음 한쪽에 자리 잡고 있던 무언가가 무너지는 느낌이었다. 그렇다 보니 누구도 쉽사리 동조하지도, 반박하지도 못했다.

대원군이 나섰다.

"주상의 심정을 백번 이해하고도 남소. 나도 처음 이 정보를 접했을 때 하루 종일 아무것도 할 수 없을 정도로 충격이었소. 아니, 자괴감 때문에 고개를 들 수 없었다는 말이 정확하겠지요. 더구나 서양 제국이 우리보다 일본에 더 정성을 쏟는다는 말에 피가 거꾸로 치솟기까지 했었소."

"……."

"그러나 주상, 지금은 자책만 할 때가 아니오. 마군의 조언에 따르면 아직도 우리는 늦지 않았다고 했소. 그러니 주상, 이제는 선택을 해야 하오."

"소자가 무엇을 선택해야 하옵니까?"

"부국강병을 위해 철저하게 환골탈태하는 결정을 할지, 아니면 지금처럼 혈연지연을 좇으며 백척간두의 삶을 살아야 할지 말이오."

당연히 전자가 맞다.

그러나 국왕은 쉽게 결정을 내리지 못했다. 만일 자신이 그런 결정을 내린다면 왕비의 사가는 거의 멸족당하는 거나 다름없게 무너지게 된다.

그래서 대원군도 결정을 재촉하지 않았다. 그 대신 대진을 바라보며 주문했다.

"이 과장, 가져온 책자를 주상께 건네드리게."

대진이 공손히 책자를 바쳤다. 그 책자를 국왕이 펼쳐 보려는 순간 대원군이 막았다.

"잠깐, 멈추시오. 그 책자를 주상이 여기서 펼치면 왕실이 뒤집힐 수가 있소이다."

그 말에 국왕이 놀라 책자를 떨어트렸다.

"예, 그게 무슨 말씀입니까? 왕실이 뒤집히다니요?"

"더 이상 묻지 마시오. 그러니 그 책자는 주상과 중전만이 있을 때 열어 보도록 하시오."

"아!"

국왕의 안색이 크게 변했다.

국왕도 편전의 대신들도 책자가 무슨 내용인지 바로 알아챘다. 그러나 누구도 감히 그에 대해 질문하거나 나서지 못했다.

"주상은 내가 무슨 말을 하고 있는지 모르지 않겠지요?"

"짐작이 갑니다."

"그러면 되었습니다. 책자는 두 분이 따로 살피시고 지금은 시급한 현안부터 처리해야 합니다."

대원군이 오늘의 일에 대한 재가를 요청하고 있었다. 국왕은 두말하지 않았다.

"아버지께서 처음 하신 말씀을 기억합니다. 그러니 이번 일은 아버지의 뜻대로 처리하십시오. 그러나 처남들의 처리에 대해서만큼은 잠시 말미를 주셨으면 합니다."

왕비에 이어 국왕이 완전히 머리를 숙였다. 대원군도 자신의 처남들 문제를 바로 처리하고 싶지 않았다.

"알겠소이다. 그 문제만큼은 보다 철저하게 처리하리라."

대원군은 민겸호의 죽음을 이미 알고 있었다. 그러나 그런 일을 구태여 왕비에게 확인해 줄 필요는 없었다.

"죄상이 이미 밝혀진 마당입니다. 하오니 너무 심하게 다루지는 말아 주십시오."

"그렇게 하지요. 그리고 도성이 어수선할 거여서 병력을 풀려고 합니다."

"병력 문제는 이전부터 아버지께서 관장해 오셨습니다. 허니 그도 전례에 따라 아버지께서 알아서 처리하시면 되옵니다."

국왕이 전권을 맡겼다. 사후 재가지만 확실한 명분을 얻게 된 대원군의 입꼬리가 올라갔다.

"고맙소, 주상."

국왕은 편전을 나섰다.

그런 국왕은 서둘러 중궁전으로 넘어갔다. 그리고 다짜고짜 상궁 나인을 전부 내보냈다.

왕비는 국왕의 행동에 놀랐다. 그러나 자신과 똑같은 책자를 가져온 것을 보고는 크게 당황했다.

국왕이 책자를 펼쳤다.

마고부대와 지금의 조선이 사용하는 한글은 상당히 다르다. 그런 차이점을 줄이기 위해 책자는 국한문 혼용으로 기록되어 있었다.

중궁전 ○월 ○일……

편년체로 작성된 책자는 처음부터 이상했다. 그러나 바로 내용을 짐작한 국왕이 서둘러 한 장 한 장을 넘겼다.

두 손이 부들부들 떨렸다. 그리고 시간이 지날수록 점점 얼굴이 붉어지더니 이내 이까지 악물었다.

왕비가 조심스럽게 다가왔다.

"전하! 용안이 무척 좋지 않사옵니다. 대체 무슨 내용이 적혀 있는 것이옵니까?"

국왕은 대답도 않고 책을 읽어 나갔다. 그러던 국왕은 끝내 다 읽지도 못하고 덮어야 했다.

"읽어 보시오."

냉랭한 목소리로 책을 민 국왕의 모습에 왕비는 온몸이 떨렸다. 그리고 급히 책자를 들어 내용을 살피던 왕비는 바로 부복했다.

"살려 주시옵소서, 전하! 제발 살려 주시옵소서. 신첩은 단지 전하의 위엄을 세우고 새로 태어날 아이를 위해서 노력했을 뿐이옵니다."

왕비는 살려 달라고 간청하다가 기어코 눈물을 쏟아 냈다. 그런 왕비를 보며 국왕은 연신 한숨만 내쉬었다.

평상시와 다른 국왕의 태도에 왕비는 더 서럽게 울며 매달렸다. 그러나 국왕은 그런 왕비를 쉽게 다독이지도 못했다.

국왕은 난감했다.

책자의 내용은 너무도 충격적인 내용이었다. 만일 그 내용이 공론화된다면 폐서인이 거론되어도 이상하지 않을 정도로 위험했다.

한동안 방 안에는 왕비의 울음만이 가득했다. 얼마의 시간이 지나고서야 국왕이 한숨을 내쉬었다.

"후! 중전, 그만하시오. 지금은 아무리 운다고 해도 벌어진 일을 주워 담을 수는 없소. 그러니 정신 바짝 차리고 수습합시다."

"전하!"

"방금 아버지께서 하신 배 속의 아이가 원자임이 확실하다는 말씀을 기억하실 겁니다."

"예. 신첩, 기억하고 있습니다."

"현명한 중전이니 그 말이 무슨 의미인지는 아실 겁니다."

"……."

"중전은 이제 선택해야 합니다. 아니, 선택당했다는 편이 맞네요. 그렇지요?"

"……"

"후! 이 책을 읽기 전만 해도 처남들의 목숨만큼은 보호해 주려고 했습니다. 그러나……"

왕은 잠시 말을 잇지 못했다.

"그러나 안타깝지만 나도 더 이상 어찌할 도리가 없네요."

"전하!"

왕비의 목소리에 다시 울음기가 가득해졌다. 그러나 국왕은 단호했다.

"방법이 없습니다. 나는 다른 사람은 버려도 중전만큼은, 그리고 배 속의 아이만큼은 절대 버릴 수가 없어요. 그리고 태어난 아이를 어미 없는 아이로 만들고 싶지도 않고요."

그 말에 왕비의 안색이 완전히 하얗게 질렸다.

왕비는 자신이 해 온 그간의 행적을 파노라마처럼 떠올렸다. 그런 기억을 떠올린 순간 국왕의 발언에 어떤 변명도, 제재도 할 수가 없었다.

국왕이 말을 이었다.

"버립시다. 모두 버립시다. 권력도, 처가도 모두 버립시다. 그래야 중전이 살 수 있어요. 그러지 않으면 중전도 죽고 중전의 아이가 대통을 잇는다는 보장도 없어요."

"아! 아!"

"아버지께서는 또 다른 연산군이 나오는 걸 절대 그냥 두고 보실 분이 아닙니다."

이 말에 중전은 무너졌다.

분명 최익현의 첫 상소가 올라왔을 때만 해도 대원군의 대응은 전무했다. 그만큼 주도면밀하게 움직이면서 대원군이 명분을 잡지 못하게 만들었다.

그렇게 권력이 손 앞까지 와 있었다.

그래서 두 번째 상소로 끝내려 했다.

바로 그날.

며칠 어딘가를 다녀온 대원군은 달라졌다. 대놓고 철퇴를 휘둘러 자신의 측근을 모조리 잡아넣은 것이다.

그럼에도 지지 않을 자신이 있었다. 전폭적인 국왕의 지지도 있었으며, 유림을 등에 없었기에 명분도 있었다.

그래서 자신 있게 편전에서 기다렸다. 그러나 대원군이 가져온 책자 두 권으로 희망은 완전히 산산조각이 나고 말았다.

쌓기는 어려웠지만 무너지는 건 순간이었다.

왕비는 너무도 놀랐다.

그리고 억울하고 분했다.

그러나 자신의 명운이 경각에 달린 지금, 그녀가 할 수 있는 것은 딱 하나뿐이었다.

"신첩은, 전하만 믿겠사옵니다."

"예, 이번에는 과인의 뜻을 따르세요. 그러지 않으면 모든 것을 잃을 수가 있습니다. 그리고 여기서 더 버티다 보면 과인의 지위마저도 장담하기 어렵습니다."

왕비가 놀라 고개를 번쩍 들었다. 그러나 책자의 내용을 떠올리는 순간 안색이 해쓱해졌다.

국왕이 씁쓸한 표정을 지었다.

"짐작하시는 대로입니다. 만일 책자의 내용이 알려진다면 칠거지악을 넘어 패륜(悖倫)까지 거론될 수가 있습니다. 그렇게 되면 중전의 안위는커녕 내 자리도 자신할 수 없게 됩니다."

"전하!"

"그러니 지금은 모든 것을 내려놓아야 합니다. 그리고 아버지가 추진하시려는 개혁을 무조건 지지하고 따라야 합니다. 화가 나고 안타깝겠지만 아버지가 추진하시려는 개혁 정책이 조선을 위하는 길인 것만큼은 분명하니까요."

왕비의 안면이 수치심으로 물들었다.

자신은 사가의 부흥과 개인 세력을 만들려고 모략을 꾸몄다. 그런데 정적이라고 생각했던 시아버지는 자신의 생각을 한참 넘어 나라를 개혁하자고 기치를 내건 것이다.

"……."

말이 없는 왕비를 국왕이 바라봤다.

"과인은 개혁을 적극 지지할 겁니다. 그것이 조선의 군주로서 마땅히 가야 할 도리입니다. 그래야만 왕실도 안정되고 중전도 지킬 수 있습니다. 아울러 태어날 아이도요. 그러니 중전도 이제 더 이상 다른 생각은 일체 하지 마세요. 잡인도 중궁에 들이지 마시고요."

왕비도 다른 길이 없었다.

"우리 아이만 지킬 수 있다면 신첩은 무조건 전하의 말씀을 따르겠사옵니다."

"잘 생각했습니다. 그게 나도 구하고 중전도, 아이도 구하는 길입니다."

"하온데 아버님께서 약속을 지키시겠사옵니까?"

"중전은 아직도 완화군이 걱정됩니까?"

"……아버님께서 워낙 예뻐하시지 않사옵니까?"

국왕이 단호히 말했다.

"조금도 걱정 마세요. 편전에서 하신 말씀입니다. 그리고 조정 중신과 마군 앞에서 하셨고요. 그런 말씀을 어찌 번복하시겠습니까?"

왕비가 눈을 번쩍 떴다.

"아! 맞습니다. 마군의 사람이 있었지요?"

"그래요. 그러니 조금도 의심 마세요. 그리고 과인이 그렇게 되도록 두지도 않을 것이고요."

"신첩은 전하만 믿겠사옵니다."

그녀는 고개를 숙였다. 하지만 그녀의 머릿속에서는 반대되는 생각으로 가득 차 있었다.

'이번 일의 사달은 마군 때문이다. 그들이 아니었다면 실패할 수 없는 계획이었어. 배 속 아이의 미래를 위해서라도 반드시 그들과 연을 만들어야 한다. 지금 당장은 아니지만 우리 아이가 태어나면 기회는 분명 오게 될 것이야.'

죽어 있던 왕비의 눈빛이 다시 불타올랐다. 그러나 그녀가 고개를 숙이고 있었기에 국왕은 그 눈빛을 알아채지 못했다.

일은 일사천리로 진행되었다.

"모조리 잡아들여라!"

국왕의 사후재가까지 얻은 대원군은 거침이 없었다.

대원군은 그동안 관리들의 비리를 상당히 수집해 놓고 있었다. 그럼에도 지금까지는 비리를 어느 정도는 눈감아 주고 있었다. 그런데 그 자료를 이번에 모조리 끄집어내었으며, 거기에 마고부대가 반년 동안 녹취한 자료가 더해지면서 나라가 뒤집어졌다.

전직도 예외 없이 잡아들였다.

조선의 관리는 임시직이다.

왕명만 있으면 언제든지 임용과 해임이 반복되었다. 신분이 보장되지 않은 관리에게 청렴을 강조하는 건 모순이나 다름없다.

조선은 중앙 관직의 숫자가 적다. 그리고 언제라도 임용이 가능해 전직도 현직의 권력을 보유한다.

한양은 물론 경기도와 충청도 일대에 세거해 있던 전·현직들이 대거 체포했다. 이를 위해 훈국과 어영청, 금위영의 병력도 동원되었다.

조선에서 탐관오리를 대대적으로 잡아들인 경우는 지금까지 없었다. 그럴 수밖에 없는 것이 구조적으로 부정부패를 조장한 면이 없지 않았기 때문이다.

아전은 녹봉조차 없다.

이는 지방 아전뿐이 아니라 중앙 아전도 마찬가지다. 모든 아전은 적당히 눈치를 봐 가며 국가 재정을, 백성을 뜯어먹고 살아야만 했다.

관리도 마찬가지다.

건국 초기에는 관리들에게 먹고살 정도의 녹봉은 주어졌다. 그러나 임진왜란을 겪으며 절반이 깎여 나갔고, 두 번의 호란을 겪으면서 그조차도 또 절반이 줄었다.

그런데 기근이나 재해가 발생하면 그런 녹봉조차도 끊어지기 일쑤였다. 가세가 풍족하지 않은 관리는 비리를 저지르지 않으면 먹고살 길조차 막막했다.

그런데 문제는, 후기로 넘어갈수록 조선에 한해가 끊이지 않았다는 것이다. 그래서 집안이 넉넉하지 않으면 관직 생활도 어렵다는 말이 나온 것이다.

이런 까닭으로 적당한 부정은 그냥 넘어가게 될 수밖에 없었다.

구조적인 부정부패는 몇 사람의 힘만으로는 바꾸기 어렵다. 그런데 이와 같은 문제를 누구도 근원적으로 개선하려 하지 않았다. 그래서 부정부패를 개선하려는 노력은 늘 용두사미가 되었다.

그러던 차에 대원군이 철퇴를 들었다.

대원군은 무시무시한 속도로 탐관오리들을 잡아들였다. 본래라면 국왕이 추진해도 상당한 반발에 직면했을 일이다. 더구나 전직에까지 손댔다면 조정이 흔들릴 정도의 논란이 일어날 수가 있었다.

그러나 다른 사람도 아닌 대원군이다.

대원군이 벼랑 끝에서 살아났다는 사실을 모르는 사람은 없다.

백성들은 열광했다.

많은 백성들이 운현궁으로 몰려가 환호했다. 잡아들이는 탐관오리들이 많아질수록 운집하는 백성들의 숫자는 그에 비례해 늘어났다.

조선의 하루는 어제나 오늘이나 다르지 않다. 볼거리도 없고 새로운 일도 거의 일어나지 않는다.

그런 조선에서 난리가 났다.

대원군이 휘두르는 칼에 추풍낙엽같이 고관대작이 잡혀들었다. 이것만 해도 환호할 일인데 생전 처음 보는 마고부대가 등장한 것이다.

더구나 생각도 못 한 기체는 한양 백성들의 호기심을 격하게 자극했다. 그 바람에 운현궁과 훈련도감 주변으로 엄청난 인파가 몰렸다.

10여 일이 흘렀다.

운현궁은 통치기관이 아니다.

그럼에도 대원군은 운현궁에서 정사를 봤으며 이것이 문제가 된 적은 없었다. 그런데 최익현은 그런 부분도 문제를 삼아 탄핵했다.

그래서 대원군도 바꿨다.

개혁 추진을 위해 어떠한 빌미도 남기지 않겠다고 선포했다. 그러고는 개혁도감을 설치하고 직접 도제조에 앉았다.

대진은 대원군을 지근에서 도왔다.

참모 몇 명도 실무진에 합류시켰다.

대원군은 조선을 환골탈태시켜서 대국으로 만들고 싶었다. 그러기 위해서는 마군의 도움이 절대적으로 필요했다. 그래서 참모들의 실무 참여를 적극 반기면서 부족한 부분을 보충하려 했다.

참모들이 업무를 직접 보지는 않았다.

마군은 한자 실력이 짧다. 그런데 조선은 모든 문서가 한자로 되어 있다. 대진도, 참모들도 문서를 바로 읽고 해석하기가 쉽지 않았다.

그래서 한발 물러서 실무를 보좌했다. 참모들이 옆에 있는 것만 해도 개혁도감 관리들에게는 엄청난 부담이었다.

조선은 법치보다 인치가 앞선 사회다. 혈연, 학연, 지연이 얽혀 있었으며, 학연을 가장 중요시했다.

학연은 곧 당색이다.

당색이 다른 사람과는 한자리에 앉지도 않으려 했다. 혈연이어도 당색이 다르면 상종도 않고, 혼인은 생각조차 못 할 정도였다.

지연에 의한 차별도 큰 문제다.

조선은 국초부터 관서관북인의 등용을 지극히 제한했다. 그러다 서인이 정권을 잡으면서 영남남인은 거의 배제되었다.

혈연은 더 말할 나위가 없다.

이러한 인연에 얽매인 관리가 공평한 정무를 기대하는 것 자체가 무리다. 그래서 대원군도 마군 참모들의 참여를 적극 환영했던 것이다.

개혁도감의 첫 번째 업무는 탐관오리와 민씨 일파의 색출이었다. 이를 위해 대원군의 자료는 물론 마군이 그동안 조사한 자료와 깔아 놓은 도청기도 적극 활용되었다.

도감의 관리들은 크게 당황했다.

조선에서 비리와 무관한 관리는 거의 없다.

그리고 관리들은 인연에 따라 온정을 베풀려는 생각을 갖고 있었다. 그런데 마군의 참모들이 그런 의도를 사전에 차단해 버린 것이다.

관리들의 지인이 대거 체포되었다. 개혁도감 관리들은 분노했다. 자신들이 봤을 때는 덮어 주어도 될 사안에도 냉정하게 칼을 들이댔기 때문이다.

곳곳에서 불만이 터져 나왔다. 어이없게도 그들 중 일부는 대놓고 시정을 요구하기도 했다.

이 일이 알려지자 대원군은 격노했다.

"무엇이 어쩌고 어째! 적당히 죄를 저질렀으니 온정을 베풀자고? 너희 같은 정실주의자들 때문에 그동안 개혁이 지지부진했던 거다! 너희들은 공익보다 사익을 추구하는 자들이니 더 이상 공직에 남아 있을 필요가 없다. 모조리 물러가라!"

그러고는 그 자리에서 퇴출시켰다.

남은 관리들은 경악했다.

대원군은 그동안 강력한 통치력을 발휘해 온 것은 분명하다. 그런 대원군에 반목하거나 비리를 저지르다가 목이 달아난 고관대작도 많다.

반면 중간관리들에게는 비교적 관대했다.

대원군은 정권을 잡기 전까지는 정치에 개입을 못 했다. 그렇기에 정치 세력이 없었던 대원군이 믿고 기댈 대상은 중간 관료들뿐이었다.

그런데 이들 대부분도 안동 김씨와 이런저런 인연으로 얽혀 있었다. 그래서 본보기를 제외하고는 안동 김씨 중추에는 손도 대지 못했었다.

그러던 대원군이 달라진 것이다.

이날 저녁.

대진이 본부와 교신했다. 마군이 조선에 들어가면서 경례 구호도 하나로 통일되었다.

―충성! 운현궁의 이대진입니다.

―충성! 수고가 많다. 참모장 김규식이다.

―반갑습니다. 제독님.

7함대참모장이었던 김규식도 대령에서 장군으로 승진했다. 그래서 대진의 입에서 자연스럽게 제독이란 말이 나왔다.

―나도 반갑다. 통신관의 말에 따르면 나와 직접 교신하고 싶다고 했다며?

"그렇습니다."

대진이 오늘 있었던 상황을 설명했다.

"……그렇게 대원군이 철퇴를 내리면서 정리가 되었습니다."

―그러면 된 거 아닌가?

"실무진의 동요가 예상외로 큽니다. 그래서 그들에게보다 확실한 우리의 이미지를 심어 줄 필요가 있다는 생각이 들어 건의를 드리려고 합니다."

―그런 자들을 보듬고 갈 필요가 있을까? 이 과장의 설명을 들어 보면 개혁에 걸림돌이 될 수도 있을 것 같은데 말이야.

"그렇지 않습니다. 그들은 대원군이 심사숙고해서 선발한 조선 최고의 엘리트들입니다. 대부분이 간관 출신들이고요. 그렇다 보니 조정에서 차지하는 위상이 의외로 높습니다."

이어서 자신이 느낀 바를 상세히 설명했다. 처음에는 부정적이던 참모장도 차츰 생각이 바뀌었다.

─으음! 그 정도였어?

"예, 삼사와 의금부는 감사원과 검찰을 합친 것과 비슷한 권한과 영향력을 갖고 있습니다. 고관이 되려는 문관은 필수적으로 거치는 자리이고요. 더 큰 문제는 인원이 의외로 적다는 점입니다."

─대체할 인력이 없다는 말이구나.

"예, 개혁 추진 동력을 확보하기 위해서라도 이들을 품어야 한다고 생각했습니다."

─음! 부패한 자들은 없나?

"전혀 없지는 않습니다."

─하긴, 지금의 조선에서 청렴을 논하는 것 자체가 무리이기는 하지.

"맞습니다. 그래도 간관(諫官)이고 조선 최고의 학사들입니다. 아직까지는 문제가 될 정도로 더럽혀지지는 않았습니다."

─좋아. 그러면 무엇을 해 주면 좋겠나?

"청을 들어주셔서 감사합니다. 저는 우리의 확고한 위상을 보여 주었으면 합니다."

대진이 자신의 계획을 전했다.

계획을 들은 참모장이 흔쾌히 동조했다.

-그 정도는 무조건 들어주어야지. 어차피 제독님께서 입성해 국왕을 직접 뵙고 협상하려고 했는데 겸사겸사 잘되었다. 그러면 준비해 놓은 동영상도 그날 상영하면 되겠구나.

"예, 저도 그게 좋다고 생각합니다."

두 사람은 한동안 의견을 조율하고는 교신을 끝냈다.

대진은 곧바로 노안당의 대원군을 찾았다.

"조금 전 본부의 참모장님과 교신했습니다."

대진은 자신의 계획을 설명했다.

대원군이 적극 동조했다.

"좋은 생각이네. 빠른 시일에 마군의 최고지도자를 모시려고 했는데 잘되었어. 날짜를 맞춰 추진해 보시게. 아마도 주상께서도 크게 환영할 것이야."

"날짜는 언제가 좋겠습니까?"

"이 과장의 계획도 있고 하니 빠를수록 좋겠지?"

"모레로 결정해도 되겠습니까?"

"그렇게 하게. 내일 나와 함께 입궐해서 주상께 마군본부와의 협의 내용을 전해 드리세."

"알겠습니다."

다음 날.

입궐한 대진이 국왕께 보고했다.

"……그래서 내일 정오경에 우리 마군의 최고지휘관께서 한양에 오시기로 했사옵니다."

국왕이 반색했다.

"오! 그렇지 않아도 그대들의 수장을 보고 싶었는데 잘되었구나. 그런데 내일도 하늘로 날아오시는가?"

"그렇습니다. 훈련도감으로 오실 것입니다."

"알겠네. 과인이 조정 중신들과 함께 나가서 영접하겠네."

영돈녕부사였던 홍순목은 이번 일을 계기로 다시 영상이 되었다. 그런 영의정 홍순목이 놀라 급히 몸을 숙였다.

"전하! 청국의 칙사가 와도 모화관에서 하루를 머무는 것이 법도이옵니다. 하오니 전하께서 당일, 그것도 직접 훈련도감으로 나가실 필요까지는 없사옵니다."

국왕이 고개를 저었다.

"청국 칙사는 외국인이고 상국의 사신이니 법도를 지켜야겠지요. 그러나 마군의 최고지휘관은 우리를 돕기 위해 다른 세상에서 온 사람입니다. 우리는 앞으로 그분과 그분이 지휘하는 마군과 함께 미래를 개척해 나가야 합니다. 그런 분을 영접하는 것은 조선의 군주로서 너무도 당연한 일입니다."

모두가 크게 놀랐다.

마군의 도움으로 개혁 추진의 동력을 얻은 것은 맞다. 그렇다고 해서 국왕이 존칭까지 써 가면서 마군 지도자를 받들 거라고는 예상도 못 했다.

대진은 의외라고 생각했다.

'놀랍구나. 국왕이 개혁을 선택했다지만 이렇게 적극적일 줄이야. 더구나 직접 영접하러 나갈 거라고는 생각을 못 했어.'

대원군은 적극 동조했다.

"잘 생각하셨소이다. 우리가 지금 강력하게 개혁을 추진할 수 있는 것은 마군이 있어서요. 그런 마군 지도자를 주상이 나가서 맞는 것은 조금도 문제가 되지 않아요."

상황 끝이었다. 대원군이 딱 잘라서 정리하니 누구도 아니라며 반대하지 못했다.

대원군의 말이 이어졌다.

"이 과장이 주상께 건의드릴 일이 있다고 합니다."

국왕이 큰 관심을 보였다.

"말씀해 보세요. 무슨 제안인지 아주 궁금하네요."

대진이 고개를 숙였다.

"감사합니다. 다름이 아니라 개혁도감의 실무를 담당하는 분들에게 우리 마군이 보유한 기술력을 체험해 주려고 합니다. 그 일환으로 우선 우리의 수직이착륙기를 직접 시승하실 수 있는 기회를 드리고 싶습니다."

국왕이 반색했다.

"그거 아주 좋은 생각이오. 개혁도감의 관원들은 장차 우리나라를 이끌어 갈 동량들이오. 그런 관원들의 경험이 많을수록 더 큰 역량을 발휘할 수 있을 것이오. 과인은 무조건 찬성이오.”

“감사합니다.”

홍순목이 슬쩍 거들었다.

“기왕이면 좀 더 많은 사람들에게 그런 기회를 주는 게 좋지 않겠습니까?”

국왕도 적극 동조했다.

“그렇게 할 수만 있다면 더 좋겠지요. 솔직히 과인도 직접 탑승해 보고 싶소이다.”

좌의정 강로가 화들짝 놀랐다.

“아니 되옵니다! 마군의 문물이 아무리 우수하다고 해도 위험하옵니다! 전하께서는 그것을 타시면 절대 아니 되옵니다!”

다른 대신들도 연달아 반대 의견을 냈다. 그런 대신들의 반응에 국왕이 크게 실망하자 대진이 중재안을 냈다.

“전하, 중신들의 의견도 타탕하옵니다. 우리가 보유한 기체가 안전하긴 하지만 절대라고 장담할 수는 없습니다. 하오니 다른 사람들이 먼저 경험해 보고 나서 안전하다는 판단이 들면 그때 탑승하시지요.”

대원군도 동의했다.

“그렇게 하는 게 좋겠소이다. 중신들까지 탑승하겠다고 하니 그들을 먼저 경험하게 합시다. 그러고 나서 안전이 확인되면 그때 주상이 탑승하셔도 늦지 않아요.”

대진이 다시 나섰다.

"그렇습니다. 그리고 내일은 전하께서 동영상이라는 놀라운 신문물을 경험하시게 될 것입니다."

"오! 그래요?"

"예, 동영상이라고 불리는 신문물은……."

대진의 설명이 잠시 이어졌다. 국왕은 물론 중신들도 생전 처음 듣는 설명에 입을 다물지 못했다.

"아아! 그런 기술이 있다니요. 참으로 놀랍기 짝이 없습니다."

대원군이 거들었다.

"놀라운 기술이었소. 나도 처음 동영상을 봤을 때 깜짝 놀랐소이다. 처음에는 벽면에서 사람이 튀어나오는 건 아닌지 의심도 했고요. 그런데 알고 보니 사람이나 사물을 마군이 보유한 특수 기술로 촬영해서 보여 주는 거라고 합디다. 아마도 그 동영상을 보시면 주상도, 중전도 아주 좋은 경험이 될 거요."

"중전도 볼 수 있습니까?"

대진이 대답했다.

"물론입니다. 저희가 준비한 동영상은 몇 편 됩니다. 그런 동영상을 중전마마께서 보지 못하실 일은 없습니다."

국왕의 안색에 기대감이 충만했다.

"아아! 동영상이 어떤 물건인지 참으로 궁금하구나."

대원군이 파안대소했다.

"하하하! 너무 조급해하지 마시오. 내일이면 됩니다. 내일이면 주상도 여기 계신 중신들도 신세계를 경험하게 될 겁니다."

다음 날이 되었다.

대원군이 국왕을 비롯한 대소신료들과 함께 훈련도감으로 행차했다. 해병여단은 훈련도감의 일부 전각을 임시로 여단 본부로 사용하고 있었다.

이경하가 국왕을 맞았다. 대원군은 군권 장악을 위해 최측근인 그를 훈련대장에 임명했다.

"충! 어서 오십시오, 전하."

"고생이 많습니다."

국왕이 자연스럽게 답례했다. 이어서 해병여단장 장병익과도 인사를 나누고는 단상에 올랐다.

연병장에는 병력이 도열해 있었다. 이 병력은 마군의 해병 여단과 훈련도감 병력이었다.

해병참모가 앞으로 나왔다.

"먼저 주상 전하에 대한 경례가 있겠습니다."

해병 지휘관이 소리쳤다.

"부대 차렷!"

해병대와 훈련도감에서도 단위부대별로 깃발이 올라갔다 내려오며 자세를 바로 했다. 해병대는 당연하지만 훈련도감 병력도 깃발을 보고 절도 있게 움직였다.

단상의 사람들이 술렁였다.

"주상 전하께 대하여 받들어총."

"충! 성!"

모든 병력이 무기를 들어 군례를 표시했다. 놀랍게도 훈련도감 병력도 각자의 무기로 절도 있게 군례를 올리며 경례 구호를 복창했다.

단상이 크게 술렁였다. 국왕도 처음 보는 모습에 당황하자 참모가 얼른 다가가 설명했다.

"훈련대장님의 승인을 받아 저희가 훈련시킨 결과입니다. 아직은 미흡하지만 기본적인 제식동작은 할 수 있습니다. 전하께서는 자연스럽게 손을 들어 답례해 주시면 됩니다."

그 말에 국왕이 오른손을 들어 주었다.

"세워총!"

착!

해병대의 움직임은 하나였다. 반면 훈련도감 병력은 편차는 있었으나 그래도 동작은 맞췄다.

국왕은 그 모습에 크게 놀랐다.

대원군도 표정을 숨기지 못했다.

"이 대장, 이게 어떻게 된 일이오? 오합지졸이나 다름없던 훈국 병력이 어떻게 며칠 만에 저렇게 변할 수 있었던 거요?"

이경하가 흐뭇한 표정으로 설명했다.

"신이 훈국대장이 되고서 장 장군에게 특별 요청을 했사옵니다. 우리 병력에게 마군과 같은 절도 있는 군인의 자세를 가르쳐 달라고요. 그래서 훈련을 시작한 지 닷새 정도 되었는데 저렇게 변했사옵니다."

장병익이 나섰다.

"의외로 잘 따라왔습니다. 직업군인이어서인지 나름대로 자부심도 상당했고요."

"그렇소?"

"예, 그리고 놀라시기는 아직 이릅니다."

"뭐가 또 있소이까?"

"이어서 분열할 것입니다. 분열은 저 병력이 부대별로 나뉘어 단상을 지나 행진하게 됩니다. 우리 병력은 말할 것도 없지만 훈련도감 병력이 닷새 만에 어떻게 바뀌었는지 감상해 보시지요."

"알겠소이다."

국왕도 기대감을 숨기지 않았다.

"훈국 병력이 어떻게 바뀌었는지 참으로 궁금하군요."

"지금부터 보여 드리겠습니다."

장병익이 참모에게 신호했다.

"부대, 분열!"

"부대, 분열! 전체 우향우!"

모든 부대가 몸을 돌렸다.

"지금부터 분열을 시작하겠다. 부대, 위치로!"

해병부대장들이 소리쳤다.

"부대, 앞으로가!"

"부대, 앞으로가!"

단위부대 지휘관들의 지시에 따라 해병여단 병력이 움직였다. 그런 부대의 움직임을 본 국왕과 대신들은 '역시.' 하는 표정들이었다. 그러면서 뒤편에서 움직이는 훈련도감 병력에도 관심을 집중했다.

먼저 해병여단이 행진했다.

국왕은 해병여단은 당연히 위용이 대단할 거라 예상은 했다. 그런데도 해병여단이 행진하는 모습을 직접 보니 그 위압감이 대단했다.

"충성!"

모든 병력이 참여한 것은 아니었다. 대략 2개 대대 병력 정도였으나 모두가 한 몸처럼 행진하는 장면에 국왕과 대신들은 압도되었다.

이어서 훈련도감 병력이 행진했다.

국왕은 기대감을 잔뜩 품고 있었다. 그런 국왕은 훈련도감 병력의 행진을 보는 순간 바로 탄성을 터트렸다.

"오오! 우리 훈국 병력이 저토록 질서정연하게 행진하다니! 놀랍고 또 놀랍구나!"

분명 해병여단만큼 잘하지는 못했다. 그렇지만 과거 오와열은 물론 발도 못 맞추던 병력이 맞는지 의심스러울 정도로 잘했다.

장병익이 설명했다.

"보시는 대로 불과 닷새 만에 실력들이 일취월장했습니다. 만일 훈련만 제대로 받는다면 훈련도감 병력은 단시일 내에 정예로 탈바꿈할 가능성이 충분합니다."

국왕이 대원군을 돌아봤다.

"아버지, 이번 기회에 군제도를 개편하는 건 어떻게 생각하시는지요?"

"마군과 같은 편제로 개편하자는 말씀이지요? 명령체계도 일원화하고요?"

"그렇습니다. 우리 조선군도 이제는 제대로 된 병력으로 탈바꿈할 때가 되었다고 생각합니다."

대원군도 동조했다.

"좋은 말씀입니다. 지금의 군영 체계는 명령이 일원화되어 있지 않아 문제이지요. 그리고 장차 진행할 징병제를 위해서라도 지금의 군제는 반드시 개혁되어야 합니다."

"맞는 말씀입니다. 그리고 마군에 위탁해서라도 훈국 병력을 제대로 훈련시켰으면 하옵니다."

"알겠습니다. 마군과 협의해 좋은 방안을 마련해 보겠습니다."

두 사람이 이런 대화를 나눌 수 있었던 것은 대진 덕분이다. 대진은 대원군을 보좌하며 거의 매일 입궐해 국왕과 많은 대화를 나누었다.

이때마다 대원군도 늘 동석한다.

대화는 거의 대진의 일방적인 설명으로 진행되었다. 설명은 마군이 보유한 첨단기술에 관한 설명도 많았지만 서양 제국에 관한 내용도 많았다.

대진은 서양의 군사력에 대한 설명을 빠트리지 않았다. 그러면서 징병제도와 신분제도에 대한 문제점도 자연스럽게 거론했다.

국왕은 처음 두 제도의 문제점을 너무도 적나라하게 지적하는 대진의 설명이 곤혹스러웠다. 그러다 노비제도를 시행하는 나라가 조선뿐이라는 사실에는 큰 충격을 받았다.

설명에는 대신들도 다수 참석한다.

그런 대신들은 대진의 신분제도 비판에 대부분 우려 섞인 의견을 냈다. 처음에는 미풍양속을 해친다면서 격하게 반대하기도 했다. 그러다 노비는 청국과 일본은 물론 서양에도 없다는 말에 입을 다물었다.

국왕은 매일 대진을 불렀다.

국왕은 개혁을 추진하겠다는 마음을 굳히면서 그만큼 새로운 정보에 목말라 했다. 대진과 토론하면서 조선이 안고 있는 문제점에 대해서도 깊은 생각을 하게 되었다. 당연히 노비제도와 징병제도에 대해서도 생각을 하지 않을 수 없었다.

그 결과가 오늘 나온 것이다.

국왕의 제안은 여기서 끝나지 않았다.

"기왕 군제 개편에 손댈 거라면 완전히 뜯어고쳤으면 합니다. 그러니 중앙 군영뿐만 아니라 전체도 살펴보시기 바랍니다."

대원군이 눈을 빛냈다.

군제 개혁은 정치적으로 미묘한 사안이다.

과거였다면 각 정파의 이해관계 때문에라도 쉽게 손대지 못했다. 그러나 지금은 완전히 정권을 틀어쥔 상태고 국왕도 전면 개편을 바라고 있었다.

"주상의 뜻이 그렇다면 내 이번 기회에 완전히 손보리다."

"예, 그렇게 해 주십시오. 전군의 명령체계도 일원화하고 아울러 빠른 시일에 지방 수령의 군권도 회수해야 합니다."

대원군이 주먹을 주었다.

"알겠소이다. 내 무슨 일이 있더라도 주상의 바람대로 성공해 보리다."

대화를 나누는 사이 열병이 끝났다. 그리고 훈련도감 연병장이 비워질 무렵, 멀리서 로터 돌아가는 소리가 들려왔다.

국왕이 동쪽으로 고개를 돌렸다.

"마군 지휘관이 오나 보오."

대진이 대답했다.

"열병식에 맞춰 도착하게 되어 있습니다."

"그렇구나. 그러면 내려가서 기다리세."

대진이 만류했다.

"그러지 않으셔도 됩니다. 여기 계시면 우리 제독님께서 올라오실 것입니다."

"아니야. 여기까지 와 놓고 기다린다는 것은 이치에 맞지 않아. 그러니 내려가세."

"알겠습니다."

국왕이 단상을 내려가는 동안 3대의 V-22가 위용을 드러냈다. 그리고 천천히 훈련도감을 한 바퀴 돌고서 착륙했다.

이어서 문이 열리고 백색 예복을 입은 손인석이 지휘부와 함께 내렸다. 지휘부 중에는 양복을 입은 민간인도 2명 있었다.

손인석이 다가오자 국왕도 몇 걸음 앞으로 나갔다. 그리고 놀랍게도 손을 내밀며 악수를 청했다.

"어서 오십시오. 먼 길을 오시느라 고생이 많았습니다."

손인석이 담담하게 마주 잡았다.

"환대해 주셔서 감사합니다."

"아닙니다. 어려운 걸음을 해 주셔서 과인이 오히려 고맙지요."

국왕이 몸을 돌렸다.

"아버지와는 이미 안면이 있지요?"

대원군이 웃으면서 손을 내밀었다.

"어서 오십시오, 손 대장."

"반갑습니다, 저하. 지난번에는 저희들이 몰라 대감이란 경칭을 썼습니다."

대원군이 손을 저었다.

"무슨 말씀을요. 국태공이든 대원군이든 사람이 바뀌는 것은 없습니다."

대진이 나섰다.

"다른 분들은 제가 소개를 하겠습니다."

국왕이 동의했다.

"그렇게 하시오."

대진이 조선의 대신들을 차례로 소개했다. 손인석이 그들과 인사를 마치고서 이내 마고부대 지휘부도 소개하느라 잠시 북적였다.

훈련대장 이경하가 나섰다.

"전하, 접견실로 자리를 옮기시지요."

"그렇게 합시다."

이경하의 안내를 받아 훈련도감에 있는 전각으로 이동했다. 전각 안에는 회담장처럼 긴 탁자가 놓여 있었다.

"앉으시지요."

놀라운 일이 벌어졌다.

국왕이 상석이 아닌 회의석의 중간에 손인석과 마주 앉았다. 이어서 대원군이 좌측에, 영의정 홍순목이 우측에 앉았다.

마군 지휘부는 이러한 책상 배치가 무엇을 의미하는지 알아챘다. 손인석이 자리에 앉으면서 감사를 표시했다.

"이렇게 환대해 주실 줄은 몰랐습니다. 저희들이 다른 세상에서 왔다지만 일개 부대입니다. 그런 우리가 국왕 전하와 마주 앉게 될 거라고는 예상도 못 했습니다."

국왕이 고개를 저었다.

"아닙니다. 당연히 갖춰야 할 예의입니다. 비록 보름 남짓한 시간이지만 마군 덕분에 큰일을 처리할 수 있었습니다. 이 과장으로부터 새로운 정보를 많이 입수했고요. 그런 정보를 접하면서 과인도 그렇지만 우리 조선의 신민이 얼마나 미몽(迷夢)에 빠져 있었는지를 절감했습니다."

손인석이 놀랐다.

"대단하십니다. 보통 사람도 자신의 치부를 드러내기를 좋아하지 않습니다. 그런데도 전하께서 처음 보는 저에게 이런 말씀을 하실 줄 몰랐습니다."

국왕의 표정이 간절해졌다.

"그만큼 우리 처지가 절박합니다. 우리 조선은 세상이 어떻게 바뀌고 있는지도 모르고 우물 안에서 이전투구만 해 왔습니다. 그렇게 되도록 과인이 조장한 바도 없지 않고요. 참으로 어리석은 시간을 보내고 있었지요."

놀랍게도 국왕은 자신의 실책까지 숨기지 않고 토로했다. 국왕의 자책에 대원군도, 조선의 대신들도 모두 숨을 들이마실 정도로 놀랐다.

"그대들이 오지 않았다면 우리의 미래는 없었을 겁니다. 이 과장으로부터 그대들이 이곳에 온 이유가 우리 조선의 미래를 위해서라는 말을 들었습니다. 그러니 도와주십시오. 조선의 군주로서 할 수 있는 모든 것을 다 하겠습니다."

국왕은 모두가 놀랄 정도로 적극적이었다. 나름대로 이런저런 사정을 고려했겠지만 마고부대에게는 가장 반가운 상황이었다.

"알겠습니다. 저희들도 최대한 역량을 발휘해 조선의 개혁에 적극 동참하겠습니다."

"고맙습니다."

대원군이 나섰다.

"마고부대에서 요청하실 사안이 있다고요?"

"그렇습니다. 당분간은 우리가 외부에 노출되지 않는 것이 좋습니다. 그게 조선의 개혁을 위해서도 좋고, 조선에 간섭하려는 청국의 눈을 피하기에도 좋을 것입니다."

국왕도 인정했다.

"맞는 말씀입니다. 청국은 우리가 부강해지는 것을 그냥 두고 보지 않을 겁니다."

홍순목도 동조했다.

"정확한 지적입니다. 청국은 우리가 정병을 양성한다면 바로 간섭이 들어올 것입니다."

손인석이 동의했다.

"예, 그래서 일정 지역을 차단해 외부와의 시선에서 멀어지게 할 필요가 있습니다. 그렇게 해야 병력 양성도 쉽고 우리가 활동하기도 용이합니다."

국왕이 나섰다.

"무엇을 어떻게 해 드리면 되겠습니까?"

손인석이 가져온 서류를 내밀었다. 서류는 국왕 등이 보기 좋게 국한문혼용으로 작성되었다.

대진이 그 서류를 모두에게 돌렸다.

서류를 펼친 국왕의 눈이 커졌다.

"제주도를 특별 지역으로 선포해 달라고요?"

"그렇습니다. 이 과장, 전하와 대신들에게 우리의 계획을 설명해 드리게."

"예, 알겠습니다."

대진이 서류를 보며 설명했다.

"저희는 가장 먼저 훈련도감과 오군영의 병력부터 정예화하려고 합니다. 그러기 위해서는 상당한 면적의 훈련장과 부대 주둔지가 필요합니다. 그래서 우선은 우리 마군의 주둔지를 용산 일대에 마련하려고 합니다."

대원군이 적극 동조했다.

"바라던 바일세. 용산 일대만 내주면 되는 건가?"

"그렇습니다. 그리고 제주도는……."

대진은 제주도의 중요성을 설명한 뒤 용건을 말했다.

"이런 까닭으로 제주도 전역을 특별 지역으로 선정해 주셨으면 합니다. 아울러 남해상의 거문도와 울릉도도 함께 특별 구역으로 지정해 주십시오."

국왕이 궁금해했다.

"필요하다면 삼남 전부를 지정해 줄 수도 있소이다. 그런데 거문도나 울릉도 같은 작은 섬을 지정한 까닭이 따로 있소?"

"우리가 보유한 함정을 정박시킬 최적의 장소이기 때문입니다. 우리 함대의 기함의 규모가 판옥선의 100배가 넘습니다. 그런 기함이 정박하기에는 조선의 항구 사정이 너무 열악합니다."

국왕과 대신들이 크게 술렁였다.

대진의 설명이 이어졌다.

"기함도 그렇지만 다른 함정도 수십 배 이상 큰 선박입니다. 거문도는 두 섬 사이의 바다가 깊어서 대형 전함이 정박하기에 용이합니다. 아울러 남해의 중간부분에 있어서 바다를 방어하는 데 최적의 조건을 갖추고 있습니다. 울릉도도 동해를 방어하는 데 최적이고요."

국왕이 바로 동의했다.

"필요하다면 당연이 내어주어야지요."

이경하가 제안했다.

"그런데 판옥선의 100배가 넘는 선박이 있다는 건 금시초문입니다. 병인양요 때 보았던 불국의 전함도 10배 남짓이었습니다. 기회가 될 때 조선의 무장들에게 마군의 함대를 견식시켜 준다면 군제 개혁에도 큰 도움이 될 것입니다."

손인석이 바로 받아들였다.

"동의합니다. 오늘 우리가 타고 온 기체로 시승할 예정이라는 보고를 받았습니다. 기왕이면 훈련도감의 무장들도 함께 승선해 우리 함대의 기함을 견학하시지요."

그 말에 이경하가 반색했다.

"정말입니까?"

대진이 주의를 주었다.

"전부는 곤란합니다. 훈련도감 무장 중에서 30명을 선발하십시오. 그리고 되도록이면 입이 무거운 사람이어야 하고요. 개혁도감 관리들도 입조심할 것을 자서(自書)했습니다."

이경하가 고개를 갸웃했다.

"그대들이 타고 온 기체를 모르는 한양 사람은 없소이다. 그런데도 자서를 받았단 말이오?"

"어쩔 수 없이 알려지는 것과 대놓고 소문을 내는 것은 다르지 않겠습니까? 그리고 우리 본부의 상황이 알려지는 것은 국익에도 좋지 않고요."

이경하가 장담했다.

"걱정 마시게. 입 무거운 것은 문관보다 무관이네. 우리 훈국도 모든 무관에게 자서시키겠네."

대원군이 정리했다.

"자! 그러면 정리합시다. 제주도를 특별 지역으로 선포하는 사안에, 주상께서는 동의하신단 말씀이지요?"

"그렇습니다."

"남해상의 거문도와 동해상의 울릉도, 그리고 마포 옆의 용산 일대를 마군의 주둔지로 내어주는 사안도요."

국왕이 거듭 찬성했다.

"과인은 전적으로 찬성합니다. 그뿐이 아니라 훈국 병력과 오군영 병력을 마군이 훈련시킨다는 계획도 찬성합니다."

대원군이 중신들을 둘러봤다.

"반대하는 분이나 다른 의견이 있는 분이 있습니까?"

"없습니다."

협의할 필요도 없었다.

개혁을 시작하기로 단단히 마음먹은 국왕이 적극적으로 나왔다. 대원군에 이어 국왕이 이렇게 나오니 대신들의 자세도 달라졌다.

이때 홍순목이 조심스럽게 문제를 제기했다.

"혹여 개항도 서둘러야 하는 건 아니겠지요?"

대원군이 고개를 저었다.

"그렇지는 않습니다. 청국에 이어 일본도 20여 년 전에 개항했으니 우리도 불원간 개항은 해야 하는 건 맞습니다."

놀라운 발언이었다.

척화비까지 세우면서 개항을 가장 격렬하게 반대하던 대

원군이었다. 그런 대원군의 입에서 개항해야 한다는 말이 너무도 쉽게 나왔다.

대원군의 말이 이어졌다.

"그러나 당장은 안 됩니다. 아니, 할 수가 없습니다. 적어도 우리 스스로 나라를 지킬 수 있다는 확신이 있기 전까지는 자중해야 합니다."

손인석도 적극 동조했다.

"국태공 저하의 말씀이 맞습니다. 청국과 일본은 서양 제국의 무력에 굴복해서 강제로 개항했습니다. 그 여파로 청국은 온갖 이권을 서양에 넘겨줘야 했습니다. 일본은 사정이 조금 다릅니다만 그들도 조계지를 내주고 20여 년 동안 내전에 휘말려야 했고요. 두 나라가 그렇게 된 가장 큰 원인은 강력한 군사력을 갖추지 못해서입니다."

대진이 부언했다.

"그리고 외교력 부재도 큰 원인 중 하나였습니다."

그 말에 국왕이 고개를 갸웃했다.

6장

국왕이 질문했다.

"이해가 잘되지 않소이다. 외교력이 부재하다면 외교력이 약하다는 의미가 아니오?"

대진이 설명했다.

"아닙니다. 동양 외교의 관점이 서양과 다르다는 점이 문제였으니까요. 서양은 철저하게 실리 위주의 외교정책을 지양합니다. 그러나 동양의 외교는 형식과 명분을 너무 중시합니다. 그 바람에 서양과 외교협상을 하게 되면 거의 대부분 실리를 빼앗기게 됩니다. 특히 청나라는 중화사상을 버리지 못하고 있어서 더 그러하고요."

홍순목이 생각을 밝혔다.

"우리는 청나라가 서양에 짓밟히는 원인이 군사력이라고 생각하고 있소이다. 그런데 외교력이 부족해서라니 의외의 지적이오."

"서양 외교관은 수십 년 동안 단위 지역을 전담하면서 실력을 축적하지요. 그러나 동양은 수시로 관직이 바뀌어서 전문 외교관이 없다고 해도 무방합니다."

"전문가가 아니면 어떻소? 외교는 국익에 따라 협상하면 되는 거 아니오?"

대진이 고개를 저었다.

"그게 말처럼 쉽지 않습니다. 외교관은 나라를 대표하는 관직이어서 고도의 전문성을 필요로 합니다. 외교문서는 자구 하나에도 엄청난 결과를 초래하기도 합니다. 그래서 서양은 한 사람의 외교관을 양성하기 위해 수십 년의 노력을 기울입니다. 그러나 조선은 달라서 외교 전문 부서가 없는 거나 마찬가지입니다."

홍순목이 이의를 제기했다.

"그렇지 않아요. 우리 조선에서는 예조가 외교를 전담합니다."

"그렇기는 합니다. 그런데 조선에서는 통역이란 전문분야를 중인들이 담당하더군요. 더 큰 문제는 재정이 열악해 역관들은 꾸준히 양성 못하면서 소수의 역관만이 중용되고 있다는 거고요."

또 재정 문제가 나왔다.

국왕의 용안이 붉어졌다. 방 안의 분위기가 갑자기 무거워졌으나 대진의 지적이 이어졌다.

"조선은 관리의 녹봉조차 지급하지 못할 정도로 가난합니다. 외교에 들어가는 비용은 더 말할 것도 없고요. 그럼에도 한양 일대는 부자들이 넘쳐 나더군요. 놀라운 점은 그런 부자들 대부분은 관리 출신이거나 현직이라는 겁니다. 그런데 관리 집안이 어떻게 해서 그 많은 가산을 모았을까요?"

"……."

모두의 얼굴이 붉어졌다.

"우리가 조사한 바에 따르면 놀라운 일은 또 있었습니다. 녹봉도 제대로 지급받지 못하는데 가산이 불어나는 관리 가문이 하나둘이 아니었습니다. 그런데도 그에 대한 조사나 문제 제기를 어느 누구도 하지 않더군요."

"……."

대신들의 얼굴이 더한층 붉어졌다.

손인석이 다시 나섰다.

"개혁이 필요한 이유는 많습니다. 부국강병도 반드시 필요합니다. 그러나 그 이전에 부정부패부터 없애야 합니다. 그러기 위해서는 조야가 합심해야 하고요. 부정부패가 없어지고 나라가 부강해지면 나쁜 짓을 하지 않아도 모두가 절로 잘살게 됩니다. 지금보다 몇 배나 더요."

국왕이 적극 나섰다.

"왕실부터 바뀌겠습니다. 조정의 많은 업무가 왕실과 관련되어 있습니다. 그런 왕실이 솔선수범한다면 개혁은 보다 확실한 동력을 얻을 수 있을 겁니다."

대원군이 크게 고개를 끄덕였다.

"주상이 이런 결심을 하시다니 고마울 따름입니다. 마군은 개혁을 위해 반년여를 준비해 온 것으로 압니다. 그런 마군의 도움을 받는다면 우리의 개혁은 더한층 탄력을 받을 겁니다."

손인석도 적극 동조했다.

"걱정 마십시오. 우리 마군도 국가 개혁에 열과 성을 다할 것입니다."

"감사합니다."

마군 참모장이 나섰다.

"그러면 세부 사항을 논의하기 전에 시승식을 먼저 거행하겠습니다."

이경하가 벌떡 일어났다.

"잠시 시간이 주십시오. 그러면 훈국무장 선발을 최대한 서두르겠습니다."

손인석이 제안했다.

"전하를 기다리게 하는 건 예의가 아닌 것 같습니다. 그러니 다른 분들은 시승을 준비하더라도 전하께는 동영상을 시청시켜 드리도록 합시다."

국왕이 반색했다.

"고마운 말씀이네요."

대원군이 적극 동조했다.

"그렇게 합시다. 동영상 시청은 주상께 큰 도움이 될 거요."

대진이 일어났다.

"그러면 저는 나가서 시승을 준비하겠습니다."

손인석이 승인했다.

"그렇게 하게."

사람들이 움직이느라 어수선해졌다.

그런 어수선함도 잠시, 대신들과 개혁도감 관리들, 그리고 훈련도감 무장들이 V-22에 탑승했다. 이러는 동안 전각에서는 동영상의 상영이 시작되었다.

탑승이 끝나자 V-22가 이륙했다.

대진과 함께 승선한 개혁도감 관리들은 하나같이 두려워했다. 그러나 누구도 내리겠다는 말을 하지 않을 정도로 두려움보다 호기심이 컸다.

떠오른 V-22는 동쪽으로 비행했다.

국토를 종단하는 동안 개혁도감 관리들은 창밖으로 보이는 모습에 연신 감탄했다. 그렇게 1시간의 비행 끝에 나타난 바다를 보며 또 놀랐다.

그런 바다를 가로지르다가 나타난 울릉도. 그리고 착륙한 백령도의 위용에 관리들은 경악했다.

대진은 이들이 충분히 기함을 둘러볼 수 있도록 시간을 주었다. 그리고 회의실에 데리고 가서는 동영상을 시청하게 했다.

"지금부터 보시는 동영상은 이런 기술로 만들어졌습니다. 그리고 한양의 주상 전하께서도 보고 계신 것이니 놀랍고 당황스럽더라도 끝까지 시청해 주시기 바랍니다."

이어서 동영상이 상영되었다.

이들의 반응도 대원군과 다르지 않았다.

처음에는 동영상에 경악해하던 관리들은 시간이 지날수록 얼굴이 붉어졌다. 그러면서 하나둘 조선의 문제점에 대해 심각하게 고민하기 시작했다.

이어진 동영상은 외국 상황이었다.

이들은 하나같이 몰두했다. 그리고 예상외로 대단한 국력을 보유한 서양에 대해서는 큰 우려를 표명했다.

반면 상상 이상으로 초라해진 청국에 대해서는 놀랐으며 일본 상황에 대해서도 깊은 관심을 보였다.

이어서 미래의 동영상이었다.

미래 동영상은 그래픽으로 구성되었으며 달라진 조선에 대해 폭발적인 관심을 보였다. 신분제도와 징병제도와 같은 민감한 사안도 적극 다뤘다.

그럼에도 누구도 이에 대해 불만이나 이의를 제기하지 않았다. 그만큼 문제의 핵심을 정확히 짚었으며 제도를 개선하고 난 뒤의 장점을 최대한 부각시켰다.

세 편의 동영상은 그렇게 길지 않았다.

그러나 관리들의 요청에 따라 동영상은 재차 상영되면서 시간이 걸렸다. 그럼에도 새로운 정보와 신문물에 목마름을 느낀 관리들은 쉽게 자리에서 일어나지 못했다.

대진이 다독였다.

"이제 돌아가야 할 때입니다. 그리고 여러분이 시청하신 동영상은 한양에서도 시청할 수 있습니다. 그리고 이 동영상뿐만 아니라 다른 여러 가지도 준비되어 있으니 오늘의 아쉬움은 여기서 접도록 합시다."

홍순목이 확인했다.

"한양에서도 수시로 시청이 가능한 거요?"

"물론입니다. 우리가 준비한 동영상은 많습니다. 그 동영상은 앞으로 한양에서 정기적으로 상영하게 될 겁니다."

"현명한 결정이오. 오늘 본 동영상은 충격적이었소이다. 아마도 이 과장의 설명이 없었다면 여기 있는 우리는 하나같이 놀랐을 거요. 그래서인지 그 내용의 자구 하나까지 잊히지가 않아요. 그런 동영상을 우리뿐만 아니라 조선의 여러 사람이 시청할 수 있다면 국가 개혁에 큰 도움이 될 거외다."

이경하도 적극 동조했다.

"맞습니다. 저는 무엇보다 장차 진행될 군제 개혁의 중심에 서게 될 무장들의 정신교육에 적극 활용했으면 좋겠습니다."

대진이 웃으며 설명했다.

"두 분의 말씀에 맞는 동영상도 만들어져 있으니 기대하셔도 좋을 겁니다."

"하하하! 역시 대단하시오."

그렇게 기함 견학이 끝났다.

두 번째로 탑승해서인지 올 때와 달리 관리들 대부분은 두려워하지 않았다. 그런 관리들은 하나같이 창문에 붙어서 발 아래로 펼쳐지는 장관을 보며 감탄하며 놀라워했다.

국왕은 동영상을 먼저 감상했다.

국왕의 반응은 격렬하기까지 했다. 다른 사람처럼 국왕 두 번 연속 감상을 했으며 놀라운 제안을 했다.

"아버지, 이 동영상을 성균관 유생들에게 보여 주고 싶습니다."

대원군이 놀랐다.

"성균관 유생이오?"

"그렇습니다. 성균관 유생들은 나라의 동량지재들입니다. 아울러 유학의 신봉자들이고요. 이런 유생들에게 이 동영상을 보여 준다면 엄청난 반향을 불러일으키지 않겠습니까? 개혁이 왜 필요한지에 대해서도 잘 알게 될 것이고요."

"으음! 그렇기는 하겠지요. 그런데 100여 명의 유생들이 시청하면 소문이 크게 날 터인데……."

손인석이 거들고 나섰다.

"주상 전하의 말씀대로 하시지요. 우리가 소문을 걱정하는 건 청나라로 바로 알려질까 우려해서입니다. 하지만 훈련도감은 물론 오군영의 장병들도 우리의 지휘를 받아야 하는 상황이지 않습니까?"

"그렇기는 하지요."

"나라의 동량지재들입니다. 상황을 설명하면 쓸데없는 소문을 내지는 않을 것입니다."

대원군이 결정했다.

"알겠습니다. 그렇게 하지요."

국왕이 양해를 구했다.

"귀한 분이 오셨는데 과인이 먼저 일어나야 할 것 같습니다. 오늘 본 동영상을 중전에게 꼭 보여 주고 싶어서 그러니 양해해 주세요."

손인석이 흔쾌히 동의했다.

"아닙니다. 중요한 사안의 협의는 마쳤으니 저는 괜찮습니다."

국왕이 대원군을 바라봤다.

"아버지께 뒤처리를 부탁드려야겠습니다."

"여기는 조금도 걱정 마세요."

국왕이 자리에서 일어났다.

국왕을 배웅하느라 잠시 대화가 중단되었다. 국왕을 배웅한 대원군이 자리에 앉으며 웃었다.

"허허허, 우리 주상이 저렇게 서둘러 퇴청할 줄은 몰랐습니다. 아마도 큰 충격을 받았나 봅니다."

이경하가 거들었다. 훈련대장인 그는 중신 중 유일하게 남아서 국왕과 대원군을 모시고 있었다.

"저는 전하께서 꿋꿋하게 품위를 유지하시는 게 오히려 놀랍습니다. 평생 칼을 몸에서 놓지 않았던 저도 손이 떨릴 정도였습니다."

손인석이 거들었다.

"문화 충격이 대단하셨을 겁니다."

대원군이 놀라며 반문했다.

"문화 충격이오?"

"예, 전하께서 보신 동영상은 전혀 다른 시대의 산물입니다. 우리가 타고 온 수직이착륙기도 마찬가지고요. 그렇게 다른 문명의 이기를 처음 보면 누구나 감정이 격해지고 불안해집니다."

대원군이 격하게 동감했다.

"맞는 말입니다. 나도 처음에는 엄청난 충격을 받았어요."

"그러셨을 겁니다. 솔직히 저하께서 그런 느낌을 받으실 걸 예상하고 모셨으니까요."

"아!"

"그렇게 엄청난 충격이 가시면 격렬한 호기심과 함께 경외감이 솟구치지요. 물론 전혀 다른 반응을 보이기도 하고요."

대원군이 재차 동조했다.

"맞는 말입니다. 지금도 그렇지만 그때도 어떠한 일이 있더라도 마군의 신기술을 도입해야겠다는 생각뿐이었습니다. 그래서 돌아와서 과감하게 칼을 빼 들었지요. 썩은 부분을 도려내야 새로운 세상을 만들 수 있다는 확신을 갖고요."

손인석이 웃었다.

"하하하! 저는 국태공 저하의 과감한 정책에 큰 감명을 받았습니다. 그러면서 우리 참모들이 입안한 충격요법이 성공했다는 결론도 얻게 되었고요."

"충격요법이라고요?"

"그렇습니다. 처음 이곳에 왔을 때 어떤 방식으로 조선과 인연을 맺을지에 대해 많은 고심을 했습니다. 우리가 아무리 좋은 의도를 갖고 있다고 해도 자칫 잘못했다간 침략군으로 오인될 수도 있었으니까요."

이경하가 크게 고개를 끄덕였다.

"맞습니다. 뜻이 아무리 좋아도 실패하는 경우가 하나둘이 아니지요. 특히 군과 관련된 일은 더 그러하고요."

"예, 그래서 저하를 모시게 되었습니다. 그런 뒤 우리의 본모습을 보여 주고는 준비한 동영상을 시청시켜 드렸지요. 그런 뒤에 화력 시범을 간략하게 보여 드렸고요."

대원군이 당시 상황을 회상했다.

그러고는 격하게 고개를 끄덕였다.

"맞아. 그러고 보니 화력을 나중에 본 것이 좋았어. 그러지 않고 먼저 화력을 봤다면 거기에 매몰되어 마군의 실상을 제대로 살피지 못하였을 가능성이 커."

이경하가 맥을 정확히 짚었다.

"그만큼 동영상이 충격이었단 말씀이군요."

"물론이오. 그때도 그랬지만 오늘 다시 봐도 충격이었습니다. 그리고 내용도 충격이었지만 동영상 기술도 상상 이상이지 않소? 돌이켜 보니 동영상을 시청하면서 마군의 사상이나 기술력이 머리에 각인된 것 같다는 생각이 듭니다."

"아! 그 정도였습니까?"

"이 대장도 그런 느낌이 들지 않았소?"

이경하도 부인하지 않았다.

"하긴, 저도 머릿속에는 온통 그에 대한 생각뿐이기는 합니다."

그때 V-22가 돌아왔다.

3대에 나눠 탔던 사람들은 개혁도감 관리, 조정 중신, 훈련도감 무장들이었다. 이들이 V-22를 탔을 때는 각자 다른 표정이었는데 내릴 때는 표정이 똑같아져 있었다.

이들이 동시에 대원군을 알현했다.

"그래, 좋은 경험을 했소?"

홍순목이 나섰다.

"저하, 아뢰옵기 송구하오나 지금 신은 꿈인지 생시인지 모르겠사옵니다."

"허! 직접 경험하셨는데도 그렇단 말입니까?"

"예, 너무도 엄청나서 현실 세상을 보고 온 것인지 모를
정도입니다."

박규수도 나섰다.

"영상 대감의 말씀대로입니다. 신도 그렇지만 오늘 다녀
온 사람 모두 신계(新界)를 본 기분입니다."

이어서 여러 대신들이 소회를 밝혔다. 그런 대신들의 반응
도 두 사람과 다르지 않았다.

대원군이 고개를 끄덕였다.

"여러분의 심정을 충분히 이해합니다. 나도 한동안 그런
생각이 들었으니까요."

홍순목이 바로 나섰다.

"할 수만 있다면 오늘 경험을 여러 사람과 공유했으면 좋
겠습니다. 그럴 수만 있다면 마군과의 유대감 증대는 물론이
고 우리가 추진하려는 개혁에도 큰 도움이 될 것입니다."

대원군이 우려했다.

"음! 나쁘지 않은 생각이오. 그러나 그렇게 되면 소문이
너무 번지지 않겠소?"

"소문을 꼭 나쁘게만 볼 필요는 없다고 생각합니다. 그리
고 너무 비밀을 유지하려다 보면 오히려 실기할 수도 있사옵
니다. 더구나 수직이착륙기가 하늘을 날아다니는 상황이옵

니다."

대원군은 결정을 못 했다.

"되도록 비밀리에 일을 추진하려고 했는데……."

그때 대진이 나섰다.

"저하! 저희도 조심스럽게 일을 추진하는 것에는 찬성합니다. 그러나 일이 여기까지 진행된 마당에 너무 비밀만 고집하다간 오히려 사람을 잃을 수도 있사옵니다."

그제야 대원군이 결정했다.

"그렇게 합시다. 무조건 입을 막아 두는 것만이 능사는 아니오. 더구나 주상이 성균관 유생들도 경험시키라는 하교까지 한 마당이니 그 말에 따르는 것이 도리이겠지요. 이 과장의 말대로 사람들을 믿어 보기로 합시다."

대신들이 일제히 고개를 숙였다.

"현명한 결정이십니다."

이날 저녁.

마군 참모들의 도움으로 강녕전(康寧殿)에서 동영상이 방영되었다. 국왕과 함께 동영상을 시청한 왕비는 누구보다 크게 놀랐다.

국왕은 본래 개혁에 소극적이었다.

그러던 국왕이 개혁을 적극 지지하게 된 것은 중전의 조언 때문이다.

중전은 마군의 존재가 부각되는 순간 대원군과 맞서는 것을 포기했다. 그 대신 후일을 도모하기로 했다.

당장은 권력투쟁에서 패배했지만 그래도 자신은 조선의 국모다. 더구나 대원군이 복중 태아에게 다음 대의 보위를 약속한 것에 남은 인생을 걸기로 마음먹었다.

그러면서 자신의 계획을 망친 마군에게 꼭 대가를 치러 줄 거라 다짐하고 있었다. 하지만 그게 얼마나 어리석은 생각이란 사실을 동영상을 보며 절감하고 말았다.

왕비가 탄식했다.

"아아! 놀랍고 두렵사옵니다. 저런 귀물이 현실에 있다니 믿기지가 않네요. 마군의 기술력과 군사력이 이토록 뛰어날 줄은 정말 몰랐습니다."

국왕도 거들었다.

"맞아요. 나도 동영상을 처음 본 순간 얼마나 놀랐는지 모릅니다. 마군의 설명이 아니었다면 사람이 그림 속에 들어가 있다고 생각했을 겁니다. 그래서 이 동영상을 꼭 중전께 보여 주고 싶었지요."

왕비가 확인했다.

"전하! 저 동영상을 누가 봤사옵니까?"

"조정 중신과 개혁도감 관리들 그리고 훈국의 무관들이 저들의 기체를 타고 갔습니다. 과인이 대궐에 오느라 직접 확인은 하지 않았지만 아마도 그곳에서 동영상을 시청했을 겁니다."

왕비가 깜짝 놀랐다.

"아니, 그들이 전부 봤다고요?"

"그렇습니다. 그리고 과인이 제안해서 성균관 유생들도 곧 시청하게 될 겁니다."

왕비가 장탄식을 했다.

"아아!"

국왕이 어리둥절해했다.

"아니, 왜 이러시나요? 무슨 문제가 있는 겁니까?"

왕비가 고개를 저었다.

"아닙니다. 그렇지 않습니다."

말은 이렇게 했지만 왕비는 속이 탔다.

'아아! 큰일이구나. 조정 중신과 주요 인재들이 동영상을 모두 보고 말았어. 이 동영상을 본다면 마군에 대한 경외감은 물론 동경심까지 생길 수밖에 없는데.'

왕비는 동영상에 경악했다.

그래서 생각을 바꿔서 복수 대신 마군과 연을 맺고 싶었다. 그렇게 하면서 자연스럽게 정치적 부활의 토대를 마련하려는 생각을 했다.

하지만 그러려면 마군의 위상이 되도록 알려지지 않는 것이 좋았다. 그런데 그런 계획이 시작도 못 하고 수포로 돌아간 것이다.

왕비의 속이 타들어 갔다.

'이를 어쩌면 좋은가. 훗날을 위해 세웠던 계획이 큰 차질을 빚게 되었어. 이러면, 다음을 기약하기 어려워지는데. 어떡하지……'

동영상이 끝났음에도 왕비는 깊은 생각에 빠져들었다. 그런 왕비를 국왕은 안타깝고 걱정스러운 눈길로 바라보았다.

다음 날.

성균관 유생들이 V-22를 탔다.

성균관은 1년에 100명의 유생을 받는다. 그러나 졸업 일수를 채우지 못해 재수하는 등의 사유로 200여 명 남짓의 유생이 수학한다.

성균관에는 대사성(大司成)과 좨주(祭酒) 비롯한 30여 명의 관리들이 근무한다. 마군은 이들까지 탑승시키려고 수차례 V-22를 띄웠다.

유생의 방문은 마군에게 의외였다.

그럼에도 국왕의 전격적인 결정과 이들의 상징성을 살펴가며 준비했다. 다행히 이런 준비는 성공을 거두면서 성균관 유생들의 생각을 바꿔 놓았다.

성균관은 조선 유학의 보루다.

유생들은 대부분이 명문거족 출신이다. 이런 유생들은 자신들의 기득권을 지켜 내기 위해서라도 개혁 개방에 부정적일 수밖에 없었다.

그런 유생들의 생각이 바뀐 것이다.

물론 비판적인 유생도 없지는 않았다. 그런 이들조차도 마군의 선진기술과 군사력에 대해서는 인정할 수밖에 없었다.

성균관 유생들의 방문 이후.

조정의 분위기는 급격히 변했다. 여기에 국왕의 전폭적인 지지까지 받은 개혁은 급물살을 탔다.

국왕이 선포했다.

"우리 조선은 여기에 계신 아버지를 중심으로 대대적인 개혁에 착수해야 합니다. 아울러 잡아들인 탐관오리와 비리 혐의자들에 대해 예외 없이 중형을 선고할 겁니다."

편전이 크게 술렁였다.

조선은 부정부패와 탐관오리에 대한 처벌이 의외로 약했다. 생계형 비리가 만연했던 탓에 탐관오리는 귀양을 당해도 쉽게 복직을 반복해 왔다.

그런데 이번에는 달랐다.

국왕의 명이 추상같이 떨어진 것이다.

"탐관오리와 비리 혐의자에 대해 10년 이상의 중형과 함께 가산을 모조리 적몰하세요. 그리고 사특한 생각으로 중전을 현혹시킨 민씨 일파와 그 추종 세력을 역모로 다스리도록 하세요."

대원군이 깜짝 놀랐다.

"역모로 다스리자고요?"

국왕은 단호했다.

"그렇습니다. 이번에 저들의 음모가 성공했다면 조선은 10년 전으로 회귀했을 겁니다. 아버지께서는 강제로 은퇴하셔야 했을 거고요. 이게 역모가 아니라면 무엇이겠습니까?"

"아!"

대원군은 이번 일에 국왕도 어느 정도 연루된 사실을 알고 있었다. 그런 국왕이 처가를 찍어 내면서 자신의 치부를 잘라 내려 하고 있었다.

이미 권력을 장악한 대원군이었다. 그랬기에 항복 선언과도 같은 발언을 무시할 필요가 없었다.

대원군이 고개를 끄덕였다.

"주상의 말씀대로 이번 일은 나라를 망칠 뻔했던 역모가 맞습니다. 그래서 이 아비가 먼저 집안의 허물부터 정리하려고 합니다."

대원군이 잠깐 눈을 감았다 떴다.

"이번에 민씨 일파에 부화뇌동한 전 승지 조경호와 도승지 이재면도 역모로 다스릴 것입니다."

편전이 다시 뒤집어졌다.

국왕도 깜짝 놀랐다.

"아버지, 자형과 형님은 그저 단순 가담자에 지나지 않습니다."

대원군이 단호히 고개를 저었다.

"그래도 안 됩니다. 이번 일은 사안이 아주 엄중합니다. 주상께서도 동영상에서 이번 일이 어떤 결과를 초래했는지 보셨지 않습니까?"

국왕이 말을 못 했다.

"아!"

"일벌백계로 다스려야 합니다. 그래야 누란지위의 우리 조선이 기사회생할 수 있습니다. 그러니 주상께서는 더 이상 이 일을 문제 삼지 마세요."

나라가 뒤집혀졌다.

예상외의 강력한 처벌에 당사자들의 불만이 터져 나왔다. 특히 역모로 규정된 자들의 반발은 당연히 컸다.

그러나 그만이었다.

대원군이 자신의 혈육을 잘라 냈다. 사위는 물론 장자도 역모 혐의로 처벌해 버린 것이다.

이런 서슬에 누구도 반발하지 못했다.

민씨 일파에 묻혀 호가호위하려던 자들이 찍혀 나갔다. 그리고 최익현을 앞세워 대원군을 찍어 내리던 유림 수백이 일시에 갈려 나갔다.

민승호와 몇 명은 공개처형 되었다.

다른 죄인들은 10년 이상 중형과 함께 모조리 제주로 이송되었다. 이뿐이 아니라 모든 죄수들에게 최초로 노역형이 부과되었다.

제주도를 비롯해 거문도와 울릉도가 특별 지역으로 선포되었다. 선포된 지역은 일반 행정을 제외한 일체의 관리가 마군에 이관되었다.

용산이 마군 주둔지로 결정되었다.

국왕은 몰수한 재물과 죄인들의 노비들을 대거 투입하게 했다. 여기에 한양 일대에 거주하던 빈민들이 주둔지 기반 조성 공사에 대거 투입되면서 마포와 용산 일대가 북적였다.

인재교육원도 설치되었다.

이는 대진의 건의에 따라 시행되었다.

대진은 관리들과 성균관 유생들이 동영상에 큰 감명을 받은 사실에 주목했다. 이들은 V-22나 백령도와 각종 함정 등의 군사력에 놀라기는 했다.

그러나 동영상 시청보다는 감동이 덜했다.

대진은 유생들이 동영상보다는 강력한 군사력에 더 감명받을 줄 알았다. 그런데 예상외의 결과가 나온 것이다. 대진은 그 이유가 유교가 우대받는 조선의 풍토에 있다고 생각했다.

조선은 무관들도 유교 경전으로 시험을 볼 정도로 유교가 우대받는다. 그래서인지 관리와 유생들의 의식 개혁 효과는 동영상이 좋았다.

대진은 이런 특이점에 착안해 의식 개혁을 위한 인재교육원 설립을 제안했다.

제안은 국왕의 전폭적인 지지를 받으며 전격적으로 채택되었다. 국왕은 이번에 몰수한 재물과 노비를 전격 투입하는 조치까지 내렸다.

덕분에 처음 예상보다 훨씬 크고 넓은 훈련 시설과 인재교육원을 설립할 수 있었다. 인재교육원은 새로운 건물을 지어질 때까지 이태원(梨泰院)을 활용하기로 했다.

이태원은 국가가 운영하는 숙박시설이다. 한양에서 영남 방면의 첫 시설이어서 규모가 상당했다.

인재교육원 설립은 대진이 주도했다.

설립을 제안한 당사자이기도 했지만 국왕이 그를 적임자로 지목했고 손인석이 승낙했기 때문이다. 덕분에 대진은 한동안 용산과 이태원에서 지내야만 했다.

대진은 인재교육원의 교육에 관리뿐만 아니라 초시(初試) 이상 급제자와 유생도 지원받게 했다. 이런 사실이 소문나면서 엄청난 인파가 몰려들었다.

7장

해가 바뀌어 2월이 되었다.

지난 두 달 동안 한양에서는 나라가 뒤바뀌는 변화가 일어나고 있었다. 첫 변화는 울릉도에서 마군기획단이 입성하면서 시작되었다.

마군기획단은 반년 동안 철저하게 계획을 수립해 왔다. 그렇게 준비된 계획서는 국왕과 대원군이 참석한 편전에서 발표되었다.

모두 20개 분야로 나뉜 계획은 다양했으며 파격적이었다. 국왕과 대원군은 마군의 계획을 그 자리에서 승인해 주었다.

개혁은 관리 교육부터 시작되었다.

마군기획단은 조정의 관리들을 분야별로 나눴다. 속아문

의 아전들도 그들의 전공 분야를 최대한 살리는 방향으로 정리했다.

그리고 전문교육이 시작되었다.

나름대로 철저하게 준비된 자료를 갖고 시작된 전문교육이었으나 쉽지 않았다. 마군과 조선의 지식수준 차이가 너무 심했기 때문이다.

그래도 마군은 열정을 갖고 교육에 임했다. 그리고 동영상을 비롯한 다양한 시청각 자료가 빛을 발하며 관리들의 전문지식이 일취월장했다.

개혁에 비판적인 관리라고 해도 전문지식을 습득하는 것까지 거부할 수는 없었다. 여기에 국왕과 대원군이 수시로 교육장을 찾는 바람에 어떤 관리도 한눈팔지 못했다.

그러던 2월 중순.

아직 날이 풀리지도 않았는데 용산 일대가 북적였다. 훈련도감 병력이 훈련을 위해 연병장에 집결했기 때문이다.

임진왜란 와중에 설치된 훈련도감은 본래는 왜란이 끝나면 해체할 임시부대였다. 그런데 임진왜란이 끝나고도 오히려 병력을 더 증강하면서 중앙군의 중추가 되었다.

훈련도감 병력은 7,000여 명이다.

사수, 살수, 포수로 이뤄진 전투병이 4,000명, 국왕의 호위군인 무예별감(武藝別監)과 기병인 별무사(別武士), 고관의 호위병인 난후초(攔後哨)를 비롯해 아병(牙兵), 당보수(塘報手), 뇌자(牢

子), 순령수(巡令手) 기수(旗手), 취고수(吹鼓手)가 2,000명이다.

여기에 잡무를 수행하는 병력인 표하군(標下軍)이 1,000명이다. 이 7,000여 병력을 훈련대장을 비롯한 100여 명의 무관이 지휘한다.

훈련도감 병사들은 전부가 직업군인들이다. 일반 병사가 직업군인인 경우는 훈련도감이 유일하다.

더구나 입대자의 신분도 따지지 않는다.

그리고 전공을 세우면 면천 등의 특혜까지 주어졌다. 그래서 병사들은 유생이나 한량은 물론 공노비와 사노비, 승려까지 출신성분이 다양했다.

겨우내 용산은 면모를 일신했다.

용산 주변에는 넓은 들판이 자리하고 있다. 녹사평(綠莎坪)으로 불리는 이 들판은 땅이 척박해 농사는 물론 사람도 거의 살지 않았다.

이 녹사평 때문에 용산은 숱한 수난을 당해야 했다. 왜란 당시 일본군이 주둔하면서 가장 먼저 짓밟혔다. 청일전쟁 당시에는 청군이 먼저 강점했으며 뒤이어 일본군의 주둔지가 되었다.

그런 용산은 8.15해방까지 일본군의 군홧발에 짓밟혀야 했다. 그리고 미군이 진주하면서 다시 타국 군대가 주둔하게 되었다.

그러다 한국전쟁 때는 북한군의 주둔지가 되었으며 전쟁

이 끝나고 다시 미군이 주둔하였다. 이런 오욕의 용산은 아직까지도 오롯이 우리 품에 돌아오지 못하고 있다.

이런 역사를 알고 있던 마군은, 그래서 용산을 주둔지로 결정했다. 지난겨울 용산은 깨끗이 정리되었으며 비록 단층 목조지만 수십여 동의 막사까지 건설되어 있었다.

그리고 마침내 오늘.

훈련도감 병력의 입소식이 진행되었다.

최초의 행사여서 대원군과 많은 대신들이 참석했다. 마군도 장병익 장군을 비롯한 다수의 지휘관들이 참석했으며 대진도 참석했다.

마군은 그동안 훈련도감과 오군영의 병력을 꾸준히 훈련시켜 왔다. 정신교육을 포함한 훈련은 대부분의 제식 등의 기초훈련이었다.

덕분에 훈련도감 병력은 이전과는 비교할 수 없을 정도로 질서정연해졌다. 그런 병력이 도열해 있는 전면 단상에 지휘관이 올라갔다.

"반갑습니다. 앞으로 여러분의 훈련을 담당하게 될 훈련소장 한강진 대령입니다."

한강진은 해병여단 수색대대장이었다. 그런 그가 훈련소장이 된 것은 주변의 추천 덕분이었다.

"여러분은 오늘부터 6개월 동안 초급 간부 교육과 훈련을 받게 됩니다. 훈련은……."

한강진이 훈련 계획을 설명했다.

훈련도감 병력도 나름대로 훈련 강도가 높을 거라 짐작은 했다. 그럼에도 자신들의 생각을 훌쩍 뛰어넘는 계획에 하나같이 긴장했다.

한강진이 바짝 긴장한 병사들을 죽 둘러봤다. 그러고는 깜짝 놀랄 발표를 했다.

"훈련은 고되고 힘들 겁니다. 그러나 그 훈련을 무사히 마치고 나면 여러분은 초급 무관으로 임용될 것입니다. 그리고 나이가 많거나 군복무에 부적합한 병사들은 따로 추려서 경찰이나 군무원으로 채용될 겁니다."

훈련도감 병사들이 크게 술렁였다. 그러나 제식훈련을 받은 덕분에 대오가 흐트러지지는 않았다.

"앞으로 조선군은 통합군 체제로 전면 개편될 겁니다. 그런 군제 개편에서 여러분은 막중한 임무를 부여받게 됩니다. 그리고 그 임무를 성공적으로 완수하게 되면 공로자를 대거 선발해 특진시킬 것입니다. 여기서 특진하는 무관들은 무과의 급제자들과 똑같은 대우를 받게 됩니다."

조금 전보다 술렁임이 더해졌다.

훈련도감 병사들은 본래부터 신분 상승에 대한 욕구가 컸다. 그런 병사들에게 초급 무관에 이어 정식 무관이 되는 길이 열린 것이다.

대번에 기대감이 폭발하며 눈빛이 변했다. 그리고 이어진

한강진의 설명에 훈련도감 병사들은 환호했다.

"국태공 저하의 특명에 따라 앞으로 여러분의 녹봉은 쌀로 매월 한 석이 지급될 것입니다. 그뿐이 아니라 소속 무관들의 녹봉도 지금보다 2배로 매월 지급됩니다."

"우와!"

"이야!"

훈련도감 병사들은 직업군인으로 녹봉은 매월 양곡 여섯 말이다. 이런 녹봉도 지급이 늦어지거나 양이 줄어드는 경우가 많았었다.

그런데 쌀로 한 석을 지급해 준다고 한다. 그뿐이 아니라 소속 무관들도 매월 녹봉이, 그것도 2배나 지급된다는 말에 크게 기뻐했다.

"여러분이 받게 될 훈련은 결코 쉽지 않을 겁니다. 그러나 그런 훈련을 무사히 마치고 나면 여러분의 미래는 탄탄대로로 열려 있습니다. 그러니 아무리 어렵고 고되더라도 바로 옆의 동기와 동료, 선후배를 믿고 이겨 내시기 바랍니다."

한강진의 연설은 짧지 않았다.

누구든 긴 연설을 듣게 되면 긴장이 풀어지기 마련이다. 그럼에도 훈련도감 병사들은 누구 한 사람 자세조차 흐트러지지 않았다.

장병익이 대진을 바라봤다.

"역시 이 과장이야. 이 과장의 예상대로 호구지책을 해소

해 주는 것이 최고의 방안이었어. 겨우 쌀 한 가마니의 녹봉 지급만으로도 병사들의 사기가 대번에 달라졌어."

대진이 상황을 설명했다.

"지난달 동영상 시청 후에 실시한 병사들과의 면담 덕분입니다. 우리를 믿어서인지 병사들이 자신들의 사정을 숨기지 않았습니다. 그러다 한 달에 지급받는 양곡 여섯 말조차도 제대로 지급받지 못하고 있다는 말에 충격을 받았고요. 그래서 녹봉 지급을 우리가 맡자는 제안을 드렸던 것입니다."

장병익이 씁쓸해했다.

"어처구니없는 말이지. 훈련도감은 조선 왕실 최후의 보루라고 해도 과언이 아니야. 그런 병사들에게 여섯 말의 녹봉조차 지급을 못할 정도로 재정이 열악할 줄은 몰랐어."

"안타까운 일이지요. 그러나 그만큼 우리가 차지할 영역이 많다는 의미이기도 하고요."

"대원군께서도 우리 제안을 크게 반겼다면서?"

"그렇습니다. 솔직히 의외였습니다. 우리가 녹봉을 책임지겠다고 하면 상당히 곤혹스러워할 줄 알았는데 아주 흔쾌히 받아들이더라고요. 고맙다는 말씀까지 하시고요."

"이번 제안을 받아들인 것을 보면 우리와 끝까지 함께하겠다는 의미로 봐야겠지?"

"그렇게 생각됩니다. 대원군께서도 이제는 우리를 빼놓고서는 미래를 기약하기 어렵다는 사실을 잘 아실 겁니다. 그래서 우리 제안을 거부감 없이 받아들이셨을 겁니다."

"하여튼 대단한 양반이야. 이번 일은 정치적으로도 중대한데 그런 사안을 그 자리에서 결정했어. 그런데 이번 결정으로절약된 양곡을 관리들의 녹봉으로 지급한다고 했다면서?"

"그렇습니다. 그래서 이번 달부터는 관리들도 제대로 된녹봉을 받게 되었습니다."

대진의 말을 들은 장병익은 편안한 미소를 지었다.

"다행이구나. 그렇게 되면 우리를 보는 관리들의 시선도한층 좋아지겠네. 그건 그렇고 인재교육원 설립 준비는 잘되어 가고 있나? 소문에 듣기로 지원자가 엄청나게 몰리고 있다면서."

"조선에 초시 이상 급제가 이렇게 많을 줄 몰랐습니다.더구나 관리들의 추천까지 겹치면서 만 명 이상이 지원하였습니다. 지금도 지원서는 계속 접수되고 있고요."

"그 많은 지원자를 한꺼번에 교육시킬 수는 없겠네?"

"그래서 교육 방식을 개편하기로 했습니다. 우선은 지원자들에게 동영상부터 시청시키려고 합니다. 유명무실해진한양의 4부 학당도 적극 활용하려고 합니다. 잠시 비워진 훈련도감과 훈련원도 적극 활용하고요."

"그러면서 인원을 정리하자는 거야?"

"예, 많은 사람이 지원했지만 모두가 개혁 개방을 지지하지는 않을 겁니다. 골수 수구파들이 혹세무민(惑世誣民)의 약점을 잡기 위해 지원했을 수도 있고요. 그래서 며칠 동안 동영상 시청과 정신교육을 시킨 후 교육생을 선별하려고 합니다. 그렇게 해서 선별된 인원을 따로 추려 인재교육원에 입교시키고요."

여단참모장인 지광천이 나섰다.

"한양 일대가 들썩이겠구나. 지난 두 달 동안 관리들을 교육시킨다고 북적였는데 더 심해지겠어."

"어쩔 수 없습니다. 대원군께서도 기왕 이렇게 된 거, 대대적으로 추진하자고 했습니다. 그래서 일부러 교육장도 여러 곳으로 분포시킨 것입니다."

"수구파들이 집단 반발을 하지 않겠어?"

"감안하시겠다고 했습니다. 그리고 최익현을 비롯한 최악의 수구파들이 없는 상황이어서 반발은 의외로 적을 거란 예상을 했습니다."

"그리만 된다면야 더 바랄 것도 없지."

그때 가만히 두 사람의 대화를 듣고 있던 장병익이 입을 열었다.

"눈에 띄는 인물이 있었어?"

"예, 몇 명 있었습니다."

"그래?"

"관리로는 김홍집(金弘集)과 김윤식(金允植), 오경석(吳慶錫), 박정양(朴定陽) 등이 우선 눈에 띄었습니다. 그리고 지난해 과거에 장원을 한 김옥균(金玉均)도 지원했고요."

"오! 쟁쟁한 인물들이 지원했구나."

"그렇습니다. 그리고 재야 학자와 관리 추천자들 중에는 유대치(劉大致), 홍종우(洪鍾宇), 이건창(李建昌) 등 눈에 띄는 사람이 많았습니다."

"이완용은 없었어?"

"없었습니다. 알아보니 이완용의 나이가 이제 겨우 16세였습니다. 그를 찾다가 아예 을사오적과 정미칠적, 경술국적의 매국노들을 수색해 봤습니다. 그런데 25세의 고영희(高永喜)를 제외하고는 대부분 십대 초반이거나 더 어린 상태였습니다."

"고영희? 그가 어디에 속한자이지?"

"정미칠적이면서 경술국적이었던 사람입니다."

장병익이 이마를 찌푸렸다.

"이중 매국노란 말이잖아. 그런 자였다면 사전에 걸러 냈어야지."

대진이 머리를 긁었다.

"죄송합니다. 역관 출신 매국노가 있을 줄 몰랐습니다."

"그렇다고 죄송할 것까지는 없고. 그러면 역관들에게 실시했던 동영상을 그자도 시청했겠네?"

"그렇습니다."

"구한말의 친일파들은 개화파들이거나 시류에 영합하던

자들이야. 고영희도 마찬가지였을 것이고. 그런 그가 동영상을 보았으니 행동거지가 이전과는 크게 달라졌겠네?"

대단히 의미심장한 질문이었다. 대진이 고개를 끄덕이며 설명했다.

"그렇습니다. 동영상을 시청한 고영희는 열렬한 개혁주의 자가 되었습니다. 그런 그는 개혁 개방에 소극적인 동료 역관을 찾아다니며 적극 참여를 독려하고 있는 중입니다."

장병익이 한숨을 내쉬었다.

"하아! 이거 참, 그런 자를 어떻게 조치해야 할지 모르겠네. 미래의 매국노라도 해도 지금 당장은 잘못을 저지르지 않았잖아. 더구나 매국노 중에는 왕족도 다수 포함되어 있는데 그런 자들을 사전에 정리할 수도 없고 말이야."

그때 여단참모장이 나섰다.

"그래도 정리할 건 해야 합니다. 매국노들 대부분은 머리가 뛰어난 자들이어서 세상의 흐름을 보는 눈이 남보다 탁월합니다. 그랬기에 구한말 동양 최강국인 일본에 머리를 숙이며 친일파가 된 것입니다. 그렇게 시류에 밝은 자들을 그대로 놔두면 두고두고 화근이 될 겁니다."

"철저하게 교육시키면 되지 않을까?"

여단 참모장 지광천이 고개를 저었다.

"천성이 어디 가겠습니까? 머리가 좋고 시류를 잘 읽는 자들이어서 권력의 향배를 좇는 데 누구보다 밝을 것입니다.

그런 자들은 거의 비리에 연루되기 마련이고요. 여단장님, 장차 조선에서 가장 큰 권력을 누가 갖게 되겠습니까?"

장병익이 주저 없이 대답했다.

"당연히 군부가 되겠지."

"그렇습니다. 서양의 공세에 맞서기 위해서라도 강력한 군사력은 반드시 필요합니다. 그리고 그런 군부를 우리 마군이 장악하는 건 너무도 당연한 수순이 될 것이고요."

"지 대령은 친일파들이 우리에게 머리를 숙일 거라고 생각하는 거야?"

"물론입니다. 자신의 부귀영달을 위해 우리에게 입의 혀 같은 태도를 취할 것이 분명합니다."

대진도 동조했다.

"저도 참모장님의 의견에 동의합니다. 구한말의 친일파들 대부분이 나라를 이끌던 자들입니다. 그만큼 능력도 있고 머리도 뛰어났다는 의미입니다. 그런 자들을 그대로 놔둔다면 분명 조선의 지도층으로 성장하게 될 겁니다. 그러면서 자연스럽게 우리와 밀착하게 될 것이고요."

"그렇다고 모조리 없앨 수는 없잖아."

"할 수 있다면 해야지요."

장병익이 고개를 저었다.

"쉽지 않아. 지금 시점에서 그들을 압박하면 분명 큰 문제가 돼."

"그렇기는 합니다. 제가 조사한 바에 따르면 대부분이 명문거족 출신들이었습니다."

장병익이 인정했다.

"그랬을 거야. 인치가 우선인 조선에서 고위 관직에 올라갈 수 있으려면 가문은 필수겠지."

"당장은 어렵고 훗날 따로 모아서 의식화 교육을 진행하려고 합니다. 일부는 인재교육원에서 철저하고 심도 있게 국가관과 충성심을 세뇌에 가깝도록 주입시키려고 합니다."

"인재교육원에 지원했다면 그렇게 하면 되겠네. 그런데 나이 어린 자들까지 무작정 모을 수는 없잖아?"

"정규교육과정이 시작되면 그때 가서 적당한 구실은 만들면 됩니다. 그들 대부분은 상당한 인재일 테니 선발하기도 어렵지 않을 것이고요."

여단참모장이 나섰다. 그러나 지광천은 우려를 거두지 못했다.

"그래도 불안해. 언제 나라를 팔아먹을지도 모르는 놈들에게 어떻게 국사를 맡기겠어?"

대진이 웃었다.

"하하! 너무 걱정하지 마십시오. 지금은 그들이 마음대로 활동할 수 있는 구한말이 아닙니다."

장병익이 거들었다.

"기무부 대원들이 추진하는 정보기관이 완성되면 그들을

감시하는 것은 일도 아니야."

그러자 지광천이 대번에 우려했다.

"정보기관의 민간인 사찰은 문제가 됩니다."

"보통이라면 그렇게 해선 안 되지. 그러나 그들은 '보통 민간인'이 아니잖아. 지금 당장 그들을 단죄할 수 없다면 최소한의 방비 정도는 해 두어야지."

대진도 제안했다.

"우선은 정신교육을 따로 시행할 수 있는 방안부터 모색해 보겠습니다."

장병익이 동조했다.

"그래, 그게 좋겠어. 정규교육이 시작되려면 2~3년은 필요한데 그때까지 버려둘 수는 없겠지."

"최선의 방안을 모색해 보겠습니다."

"그렇게 해."

대진은 구한말 매국노의 처리에 대해 고심했다.

과거를 생각하면 이유 여하를 막론하고 찍어 내는 게 맞다. 그러나 아직은 누구도 죄를 짓지 않은 그들을 무작정 단죄할 수는 없었다.

더구나 당사자의 나이마저 어렸다. 그래서 고심 끝에 생각해 낸 것이 철저한 의식 개조였다.

'그들의 의식을 철저하게 개조시켜서 일본 공략의 선봉으로 세워 보자. 그래서 일본 개화의 주요 인사를 친조파로 포

섭한다면 최상이 되겠지.'

이런 생각을 하는 대진의 머릿속에는 일본의 여러 인물들이 차례로 스쳐 지나가고 있었다.

다음 날부터 교육 훈련이 시작되었다.

훈련은 이른 아침부터 시작되었다.

아직은 병력을 모두 수용할 정도의 막사가 만들어지지 않았다. 그래서 표하군만 막사에 수용되었고 다른 병력은 출퇴근을 해야 했다.

표하군은 본래부터 지원 조직이었다.

그런 표하군을 마군은 공병대로 육성하려 했다. 그래서 막사에 머물게 했으며 용산의 아침은 이들의 구보 소리로 시작되었다.

"전체 뛰어가!"

"발을 맞춰라! 달리면서 대열을 맞춘다!"

"옆 사람과 어깨를 맞추면서 구보하라!"

"번호 붙여 가!"

"하나, 둘, 셋, 넷……."

겨우내 표하군도 다른 병력과 같이 훈련도감에서 제식훈련을 받아 왔다. 덕분에 제법 능숙하게 대오를 유지하며 구보를 할 수 있었다.

구보를 시작한 표하군은 중앙 연병장에서 시작해 용산 일대를 구보로 돌았다. 그런 표하군이 지나가는 곳마다 다양한 인부들이 이른 아침부터 일을 시작하고 있었다.

그런 한쪽에는 붉은 벽돌이 엄청나게 쌓여 있었다. 와서(瓦署)의 장인들이 겨우내 고생해서 만들어 놓은 벽돌이었다.

조성문은 와서의 별제(別提)다.

와서는 공조(工曹) 아문으로 용산 동쪽 둔지방(屯之坊)에 있었으며 전임은 종6품 별제. 조성문은 마군 주둔지가 조성될 때부터 휘하의 와장과 수십 명의 역군(役軍)을 데리고 지원하러 나와 있었다.

조성문은 벽돌과 기와가공을 지시받았을 때만 해도 크게 우려했다. 겨울이어서 나무가 눅진해 불을 때는 일도, 물이 얼어 성형하는 것도 쉽지 않았기 때문이다.

그런데 우려는 기우에 지나지 않았다.

마군은 먼저 목재를 가공해 넓은 창고를 만들게 했다. 그러고는 대궐에도 없는 유리를 창문에 끼워 내부를 환하게 만든 다음, 이상한 기계를 가져와서 사방에서 틀었다. 그러자 놀랍게도 그 기계에서 따뜻한 바람이 뿜어져 나왔다.

차가워서 손을 넣기 어려운 물은 귀한 석유를 이용해 물을 덥혔다. 이 무렵 석유는 청국을 통해 조선에 조금씩 알려지고 있었다. 그러나 워낙 고가여서 왕실도 쉽게 사용하기 어려울 정도였다.

그런 석유를, 마군은 물 쓰듯 써 대었다.

창고가 별천지로 바뀐 것은 순간이었다.

내부는 봄날처럼 훈훈했으며 따듯한 물을 사용하니 성형 작업도 여반장이었다.

대형 가마가 만들어지자 마군들은 석탄을 가져와 쌓았다. 그리고는 버너라는 물건을 가져와서 무언가를 만지니 갑자기 불이 뿜어져 나왔다.

이 또한 석유가 원료라고 했다.

버너는 지속적으로 불을 뿜어 대면서 석탄의 화력을 급격히 상승시켰다. 덕분에 가마는 하루 만에 벽돌 가공을 마칠 수가 있었다.

놀라운 일은 또 있었다.

처음 기계가 들어온 날, 마군 감독이 모두를 불러 놓고 지시했다.

"조 별제님."

"예, 감독님."

마군 감독이 호리병을 손으로 가리켰다.

"이 호리병에 담긴 것은 석유입니다. 앞으로 별제께서는 내가 따로 지시하지 않더라도 여기에 담긴 석유를 매일 한 병씩 나눠 주세요."

모두가 깜짝 놀랐다.

조성문이 놀라 반문까지 했다.

"예? 귀한 석유를 매일 나눠 주라고요? 그것도 공짜로 말입니까?"

마군 감독이 싱긋 웃었다.

"당연히 무상이지요. 석유로 호롱불을 켤 수 있다는 건 알고 계시지요?"

"물론입니다. 석유는 아니지만 다른 기름으로 호롱을 켜기는 합니다. 그런데 석유는 귀해서 왕실에서도 잘 사용을 못 하는 물건입니다. 그런 석유를 무상으로 나눠 주실 줄 몰랐습니다."

"석유가 지금까지는 많이 비쌌을 겁니다. 그러나 앞으로는 우리 마군이 대대적으로 보급할 거여서 값이 많이 떨어질 겁니다."

"그래도 쉽게 사서 쓰기 어렵습니다."

마군 감독이 고개를 저었다.

"당장은 아니지만 시간이 지나면 누구나 사서 쓸 정도까지 값이 떨어지게 될 것이니 부담 갖지 마시고 나눠 주세요. 앞으로는 누구든 공부만 잘하면 출세할 수 있습니다. 그러니 가져가셔서 아이들을 공부하는 데 요긴하게 사용하세요."

조성문의 허리가 땅에 닿았다.

"감사합니다."

와서의 장인과 역군들은 와서 주변에 모여 살았다. 이들은 늘 고된 일에 시달리면서도 품삯도 변변히 받지 못해 늘 가난했다.

그런데 마군이 오자 달라졌다.

날이 어두워지면 깜깜했던 마을이 이제는 모든 집이 훤해졌다. 더구나 마군이 지급한 쌀 덕분에 집집이 굴뚝에 연기가 피어났다.

지급받는 석유는 호리병 하나지만 호롱에 사용하기에는 그 양이 많았다. 이런 사실을 알게 된 상인들이 석유를 사기 위해 매일 찾아왔다.

상인들은 석유를 비싼값을 주고 사 갔다. 장인과 역군들은 돈을 받기도 하지만 고기나 생선 등의 현물로도 받았다. 덕분에 장인 마을에는 거의 매일 고기나 생선 굽는 냄새가 피어났다.

조성문과 장인들은 그래서 지난겨울 정말 열심히 일했다. 그런 노력 덕분에 엄청난 양의 벽돌과 기와를 구워 낼 수 있었다.

그리고 오늘.

겨우내 만들어 놓은 벽돌이 드디어 제 몫을 하게 되었다. 구보를 마친 훈련도감 표하군 중 일부가 쌓여 있는 벽돌을 옮기려고 몰려왔다.

쌓인 벽돌 위로 마군 지휘관이 올라갔다. 그리고 도열한 표하군을 보며 훈시했다.

"지금까지 표하군은 훈련도감의 치중대(輜重隊)의 역할을 해 왔다. 그러나 이제부터 여러분은 정규 공병대의 임무를 하게 될 것이다. 어제 설명한 대로 공병대는 건물을 짓고 측량하며 성을 쌓거나 부교 부설 등의 임무를 수행한다. 그런 공병대 중 건축에 참여한 경험이 있는 여러분은 지금부터 본무를 비롯한 각종 막사 건설을 담당하게 된다. 분대장들은 앞으로 나와라!"

그러자 30명이 앞으로 나왔다.

"여러분은 미리 편성한 분대 대원을 지휘해 벽돌부터 현장으로 옮기도록 하라. 이동수단은 옆에 마련된 마차다. 작업을 실시하라."

"실시!"

분대장들은 서둘러 자리로 돌아가서는 대원들을 지휘했다. 사전에 교육이 되어서인지 이들은 질서정연하게 벽돌부터 마차에 실었다.

조성문은 흐뭇한 표정으로 그 모습을 바라봤다. 그런 조성문의 옆으로 겨울을 함께 보낸 마군 감독이 왔다.

"기분이 좋으신가 봅니다."

"예, 잘 키운 자식을 보내는 것 같네요. 그런데 앞으로 관청 건물도 벽돌로 교체를 한다고요?"

"그렇습니다. 우선은 광화문 앞의 육조거리관청부터 새롭게 건설할 예정입니다."

"군영 본관과 인재교육원은 3층으로 짓는다고 들었는데 난방은 어떻게 하는 건가요?"

"우선은 석유난로로 하게 됩니다. 그러다 제철소가 지어지면 증기를 이용한 난방장치를 새로 설치할 겁니다."

"증기로도 난방이 가능합니까?"

"물론이지요."

대수롭지 않다는 듯 쉽게 답하는 마군 감독의 모습에 조성문의 눈이 휘둥그레졌다.

"놀랍습니다. 지금까지는 온돌로 난방해서 2층을 짓지 않았습니다. 그런데 증기로 난방하고 석유난로까지 사용한다면 4~5층도 너끈히 지을 수 있겠습니다."

"그렇습니다. 저 공병대가 시작입니다. 앞으로 한양의 관청은 3~5층 건물로 전부 바뀌게 될 겁니다. 대궐에도 새로운 전각이나 건물이 들어설 것이고요."

"민가도 벽돌 건물이 급속히 보급되겠습니다."

"그렇게 되겠지요."

"한양이 엄청나게 변화하겠습니다."

"우리 계획대로라면 한양 일대에는 몇 년 안에 많은 변화가 있을 겁니다. 상전벽해가 되었다는 말이 실감 날 정도로요."

조성문의 고개가 연신 끄덕여졌다. 그러던 그가 감독관의 눈치를 보며 머뭇거렸다.

마군 감독관이 그 모습을 봤다.

"제게 할 말이 있습니까?"

조성문이 조심스럽게 입을 열었다.

"저희들에게 지급해 주신 석유 말입니다."

"예, 무슨 문제가 있나요?"

조성문의 고개가 저어졌다.

"아닙니다. 문제가 아니라 사실은 저희들께 지급해 주신 석유가 남아서 상인들에게 조금씩 팔고 있었습니다. 그런데 얼마 전부터 상인들이 석유를 대량으로 구매할 수 없는지를 계속 물어 오고 있습니다."

마군 감독관이 싱긋이 웃었다.

"그래요?"

"예, 그래서 혹시 그게 가능하지를 알아봐 달라고 부탁해서……. 죄송합니다. 이런 말씀을 드려서요."

"아닙니다. 그런데 그런 부탁을 하는 상인이 얼마나 되지요?"

"몇 명 있습니다. 하지만 석유를 팔기만 하면 조선의 모든 상인들이 몰려들 것입니다."

"소문이 많이 났습니까?"

"물론입니다. 얼마 전에는 평양에서까지 상인이 내려왔습니다."

"호오! 평양에서도요?"

"아마도 삼남에도 소문이 났을 겁니다."

"그렇군요. 그러면 훈련도감 병력도 석유를 지급하면 소문이 더 나겠네요?"

조성문이 깜짝 놀랐다.

"그 많은 병사들에게도 석유를 매일 지급해 준단 말입니까?"

"하하하! 매일은 아닙니다. 와서는 겨울 동안 고생했기 때문에 매일 지급한 겁니다."

"아! 그렇습니까?"

"훈련도감 병력에게는 닷새에 한 병씩 공급할 겁니다. 그 정도면 한 집에 호롱불 두세 개는 충분히 밝힐 수 있을 겁니다."

조성문의 고개가 크게 끄덕여졌다.

"그 정도면 충분히 가능합니다."

"그렇게 하려면 대규모 저유소를 건설되어야 합니다. 그 저유소가 건설되면 본격적으로 석유 시판도 시작할 것이고요. 그리고 저유소는 금년 내로 팔도 곳곳에 설치될 겁니다."

그 말에 조성문의 안색이 환해졌다.

"그렇게 되면 조선이 밝아지겠습니다."

마군 감독관이 크게 웃었다.

"하하하! 맞습니다. 그리고 곧 발전소가 건설되면 왕궁과 주요 시설에도 전등이 설치될 것이고요."

조성문이 고개를 갸웃했다.

"발전소는 무엇이고 전등은 또 무엇입니까?"

"하하하! 설명해 드리려면 복잡하니 몇 달 후에 직접 눈으로 보시면 됩니다. 그리고 한 가지 제안을 드릴 일이 있습니다."

"말씀해 보십시오. 제가 할 수 있는 일이라면 무엇이든 하겠습니다."

"그러면 저와 함께 인재교육원으로 가시지요."

"이태원으로 말입니까?"

"그렇습니다."

잠시 후, 두 사람은 대진을 만났다.

"어서 오십시오. 조 별제께서 일을 아주 잘하신다는 말은 듣고 있었습니다."

조성문도 대진에 대한 소문을 들었다.

"소인도 말씀은 많이 들었사옵니다."

대진이 놀랐다.

"오! 제 소문이 났다고요?"

"예, 나라를 위해 많은 일을 하신다고요. 그리고 주상 전하와 국태공 저하의 총애도 대단하다는 소문이 많사옵니다."

"쓸데없는 소문이 돌고 있네요. 그건 그렇고, 내가 조 별제님을 뵙자고 한 까닭은 큰일을 해 주었으면 해서입니다."

"소인이 무엇을 하면 되겠습니까?"

"앞으로 우리는 팔도 곳곳에 대규모 벽돌 공장을 건설하려고 합니다. 그렇게 생산된 벽돌을 민가에 공급해 주택 개량 사업을 진행할 것이고요. 그러기 위해서는 장인과 인부들이 대량으로 필요한데 그 일을 맡아서 해 보시지 않겠습니까?"

조성문의 안색이 굳어졌다.

"제가 그렇게 큰일을 할 수 있겠습니까?"

"지금처럼만 해 주신다면 충분히 가능합니다."

"그런데 저는 관리여서 함부로 몸을 움직일 수 없습니다."

"그 점은 걱정하지 않아도 됩니다. 조 별제의 거취는 이미 국태공 저하께 재가를 받은 상황입니다."

"그러면 제게 지시만 하면 되지 않사옵니까?"

대진이 고개를 저었다.

"이번에 와서가 해체됩니다. 그래서 우리가 조 별제와 와서의 장인과 인부들을 모두 흡수해서 새로운 회사를 설립하려는 겁니다."

조성문의 눈이 커졌다.

"와서가 없어진다고요?"

"그렇습니다. 그래서 이 제안을 드리는 겁니다. 조 별제가 우리 제안을 받아들이면 지금 받는 녹봉의 5배를 지급할 겁니다."

"5배나 주신다고요?"

"그렇습니다. 그리고 장인들의 임금은 지금보다 2배로 줄 것이고요. 장인들의 선발권도 조 별제에게 드리지요."

조성문이 잠시 고심했다.

"석유도 지금처럼 지급해 주실 겁니까?"

"물론입니다."

"그러면 해 보겠습니다."

조성문의 대답을 들은 대진의 얼굴이 환해졌다.

"잘 생각했습니다."

대진이 앞으로의 계획을 설명했다. 그 말을 들은 조성문의 눈이 더없이 커졌다. 그런 그를 보며 대진이 분명하게 밝혔다.

"충분히 가능한 일입니다. 거기에 들어가는 자금은 다른 나라와의 교역을 통해 마련할 것이니 조금도 걱정하지 마시고요. 그리고 국내에서 석유가 유통되면 그 수익도 투입할 겁니다."

"그렇다면 소요 자금은 걱정이 없겠습니다."

"예, 그러니 아무 걱정 마시고 조 별제께서는 주어진 임무만 충실하면 됩니다."

"벽돌만 끝없이 찍어 내면 된다는 말이군요."

"그렇습니다."

"알겠습니다. 그러면 일은 언제부터 시작합니까?"

"3월입니다. 3월에 우선 한양 주변에 대규모 벽돌 공장을 지을 겁니다. 이어서 인원이 보충되는 대로 평양 등으로 지역을 넓혀 갈 것이니 인원 충원부터 신경을 써야 합니다."

"최선을 다하겠습니다."

대진을 만나고 돌아간 조성문은 장인들을 불러 사정을 전했다. 와서의 장인들은 마군 회사에 소속된다는 사실을 격하게 반겼다. 특히 2배로 늘어나는 녹봉과 석유 지급이 유지된다는 말에는 쌍수를 들면서 환호했다.

3월이 되었다.

날이 풀리면서 개혁의 바람은 조선 전체를 휘몰아쳤다. 그런 바람이 가장 강하게 부는 곳은 단연 한양 일대였다.

쿵! 쿵! 쿵! 쿵!

벽돌 공장은 마포나루에서 조금 떨어진 곳에 세워졌다. 그러고는 대량생산을 위해 상해에서 도입한 증기기관이 설치되었다.

증기기관이 설치되던 날, 구경하러 온 사람들로 일대가 인산인해가 되었다.

벽돌 공장 주변의 산자락에는 몇 개의 공장이 들어서고 있었다. 공장들은 각종 군사 무기와 화폐 제조를 위해 지어지고 있었다. 그래서 처음부터 이중으로 된 높은 담장과 망루까지 벽돌로 건설되고 있었다.

그러나 아직은 필요한 공작기계가 도입되지 않았다. 그 바람에 공장 건물만을 짓고 있었는데 한양 백성들에게는 그조차도 대단한 구경거리였다.

한강변에 별도의 부지가 조성되었다.

그렇게 조성된 부지로 V-22가 철판으로 만든 원통형 저유

탱크를 날라 왔다. 저유탱크는 용접할 수 있는 백령도 갑판에서 제작되었다.

조선에는 아직 철판을 생산할 만한 제강 시설이 없었다. 그래서 탱크를 만드는 데 들어간 철판은 상해 등지에서 수입해야 했다.

마군은 처음부터 석유를 보급하고 싶었다.

그러나 석유를 저장할 수 있는 시설과 운반할 방법이 없었다. 서양도 석유는 보급 초기여서 드럼통을 구하는 일조차 쉽지 않았다.

이런 난제를 사략 작전이 풀어 주었다.

지난겨울 상해로 들어가려는 미국 상선을 나포했다. 놀랍게도 나포한 선박에서 석유가 들어 있는 수백 개의 드럼통을 발견했다.

그뿐만이 아니었다.

선박은 미국에서 생산된 석유를 판매하기 위한 시설이 갖춰져 있었다. 화재 예방을 위해 선체를 철판을 둘렀으며 석유탱크도 5개가 설치되어 있었다.

그런데 탱크는 20여 톤으로 규모가 작았다. 더구나 선박의 크기도 500여 톤에 불과했으며 화제를 우려해 증기기관도 설치되지 않았다.

그러나 이것이 오히려 강점이 되었다.

조선에는 아직 제대로 된 항구가 없었다. 그런 조선에서는 규모가 적당한 선박이 좋았다. 더구나 수운으로 유류를 공급해야 하는 상황에서는 이 정도 크기의 선박이 최상이었다.

이 한 척의 선박 덕분에 유류 공급의 길이 뚫린 것이다.

마군은 발 빠르게 움직였다.

서울과 평양, 군산과 영일, 함경도 청진 등 전국 십여 곳에 유류 저장고를 설치했다. 그리고 본격적으로 보급할 준비를 갖췄다.

대진은 그동안 인재교육원 교육과정과 인원 선발 과정 등의 시스템을 갖추는 데 전력했다. 그러다 준비가 모두 끝나고 본격적인 교육에 들어가기 전 업무에서 손을 뗐다.

인재교육을 마군기획단과 민간인 출신 교수를 맡기로 한 것이다. 보다 전문적인 교육을 실시하려는 계획이었기에 국왕과 대원군도 크게 반겼다.

대진은 국왕에 의해 특별보좌관에 임명되었다.

특별보좌관이란 직책은 조선에 없는 직책이다. 그런 직책이 신설된 것은 국왕이 대진을 가까이 두려 했기 때문이다.

대진은 국왕의 제안을 반겼으나 관리가 되고 싶지는 않았다. 그래서 자신이 제안해 특별보좌관이란 직책을 신설했다.

특별보좌관의 임무는 마군이 추진하는 개혁의 원활한 진행의 중재였다. 그리고 왕실과 마군의 관계를 돈독히 유지하는 임무도 있었다.

대진도 이 임명을 적극 반겼다. 그래서 임명장을 수여받자

마자 운현궁을 찾아 대원군에게 보고했다.

대원군도 크게 환영했다.

"잘되었구나. 이 특별보좌관이라면 왕실과 마군과의 원활한 관계를 유지하는 데 큰 역할을 할 수 있을 거다."

"좋게 봐주셔서 감사합니다."

"기왕이면 개혁 추진 상황도 주기적으로 점검해서 보고해 주도록 하게."

"개혁도감 업무 보고는 별도로 받지 않습니까?"

"그렇기는 하지만 이 특보가 챙겨 주었으면 해. 그래야 나도, 국왕도 안심을 할 수 있어."

"본부와 협의해 업무를 조정하겠습니다."

"고맙네. 그런데 석유 공급을 위해 유류 저장고를 전국에 설치한다고 들었네."

"물론입니다. 서양은 지금 석탄의 시대에서 막 석유의 시대로 넘어가는 과도기입니다. 그런 서양과 어깨를 나란히 하거나 앞서기 위해서는 우리가 먼저 석유 시대를 열어야 합니다."

대원군도 동조했다.

"말은 맞네. 그런데 문제는 그렇게 하려면 막대한 양의 석유가 필요하지 않겠나?"

"공급은 조금도 걱정하지 않으셔도 됩니다. 저희가 보유한 유전은 규모가 커서 지금의 조선이 수백 년을 써도 남을 정도의 원유를 생산할 수 있습니다."

"그렇게나 큰 유전을 보유하고 있어?"

"예, 우리가 이곳에 오게 된 것이 바로 그 유전 때문입니다. 그리고 대외 교역이 본격화되면 해외 유전도 직접 개발할 예정이어서 석유 공급은 전혀 문제가 되지 않습니다."

"그렇다면 다행이네."

"그리고 내일부터 발전소를 건설합니다. 발전소의 규모는 소형이지만 경복궁과 육조거리의 주변 관청 그리고 운현궁에 전기를 보급할 수 있을 겁니다."

대원군이 크게 놀랐다.

대원군도 그동안 마군으로부터 상당한 지식을 전수받았다. 그래서 발전소와 그 역할에 대해 나름의 지식을 쌓고 있었다.

"발전소는 서양에서 도입하기로 되어 있지 않았나? 그런데 그걸 마군이 직접 건설하겠다고?"

"제철소를 운영하려면 발전시설이 있어야 합니다. 그래서 본래는 금년 말에 독일로부터 2기의 발전시설을 들여와 그중 1기를 한양에 설치하려고 했었습니다. 그런데 이번에 설치하려는 발전소는 독도에 설치되었던 발전설비를 활용할 예정입니다. 그래서 생산량이 한정되어 있어서 일정 지역만 우선 공급할 예정입니다."

대원군이 반색했다.

"오오! 참으로 고마운 일이구나. 그렇게 발전소가 설치되고 불을 밝힐 수 있다면 조선의 백성들에게 아주 큰 반향을 불러오겠어."

"예, 저희도 그런 효과를 보려고 무리를 했습니다. 전기가 보급되고 석유가 본격적으로 공급되면 백성들이 체감하는 개혁의 감도가 대폭 상승할 것입니다."

대원군이 크게 고개를 끄덕였다.

"당연히 그렇겠지. 마군에서 석유를 인부들의 품삯으로 지급한다는 소문 때문에 조선이 들썩이고 있다네. 여기에 전기까지 들어오면 그 효과는 엄청날 거야. 특히 백성들은 석유와 전기를 개혁의 시발점으로 생각하게 될 거야."

"그렇게 되었으면 좋겠습니다. 두 물건은 지금까지 조선에 없었기 때문에 개혁의 상징으로는 제격일 것입니다."

대원군이 눈을 빛냈다.

"그래, 새로운 시대는 새로운 것들로 채워야 제격이지. 물건도, 기술도, 사람도 모두 말이야."

이렇게 조선의 개혁이 본격화되었다.

그리고 몇 개월 후.

"전체! 앞으로가!"

용산 대연병장에 수천의 병력이 도열해 있었다. 그 병력이 본격적으로 행진을 시작했다.

8장

훈련도감 병력은 지난 6개월 동안 혹독한 훈련을 이겨 냈다.

처음 3일간 신체검사를 받았다.

그러면서 고령자 등 2,000여 명이 추려졌다. 이렇게 정리된 인원은 전원 경찰에 인계되어 별도의 훈련과 교육을 받았다.

마군은 용산에 이어 제주도에도 대규모 병영을 마련했다. 훈련도감 병력은 이곳을 오가면서 혹독한 훈련을 받으며 전투력이 몇 단계 상승했다.

전투력이 우수한 일부 병력은 차출되어 울릉도에서 특전 훈련까지 받았다. 놀랍게도 단 한 명도 낙오자가 발생하지 않았다.

훈련을 마친 병력은 전부 초급 간부로 임용되었다. 새로운 군복이 지급되었으며 마군이 제작한 신형 소총도 지급되었다. 그리고 10여 일 전 모든 병력에 가죽 군화까지 지급되었다.

경찰 병력도 마찬가지였다.

비록 훈련의 강도는 낮았으나 이들도 반년 동안 철저한 교육을 받았다. 그렇게 훈련받은 경찰 병력도 이번 행진에 참여했다.

그리고 그 행진의 선두에.

크르릉!

10대의 장갑차와 2대의 전투지휘 차량이 선두를 이끌었다. 장갑차는 보름 전 한강을 거슬러 올라와 그동안 이들과 합동훈련을 실시해 왔다.

사람들이 삽시간에 몰려들었다.

몰려든 사람들은 선두의 전투지휘 차량과 장갑차를 보며 경악했다. 그리고 그 차량의 뒤를 행진하는 병력의 질서정연한 모습에 더 놀랐다.

"아니, 저 앞에 가는 저 물건은 뭐야?"

"난들 아나. 마군이 보유한 장비겠지."

"아니 그래도 그렇지, 어떻게 말이나 소가 끌지도 않는데 절로 움직여."

"이 사람아, 마군이 운용하는 물건이 기물이 아닌 게 어디 있어? 하늘을 나는 기체는 언제 우리가 본 적이나 있었어?"

"그건 그래."

"저것도 마찬가지야. 잘 모르면 마군의 기물이려니 하고 봐. 그나저나 대단해. 저 병력이 훈국 병력이라니 말이야. 도대체 어떤 훈련을 받았기에 병사들이 저렇게 바뀐 거지?"

"죽을 만큼 혹독한 훈련을 받았다고 했어. 하늘에서 하강하는 훈련을 받은 병력도 있었다고 하고."

"오! 그러면 마군처럼 하늘에서 내려올 수도 있단 말이지?"

"그래. 저길 봐. 머리도 모두 자르고 군복도 신식이잖아."

그때 행진하는 병력을 유심히 살피던 사람이 무언가를 가리키며 외쳤다.

"그런데 저 병력이 신은 군화, 전부 가죽 아냐?"

"마군은 정말 대단하구나. 귀한 가죽으로 만든 군화를 모든 병력에게 공급하다니 말이야."

"마군이 손대서 안되는 일이 어디 있겠어?"

"그건 맞아."

연도의 백성들은 행진하는 병력을 보며 저마다 한 소리씩 했다. 행진하는 병력은 그런 말을 들으며 어깨를 더 펴고 팔을 더 높이 올렸다. 이런 병사들의 어깨에는 전부가 평정소총이 걸려 있었다.

행진하던 병력이 숭례문에서 멈췄다.

대열을 이끌던 장갑차가 숭례문을 통과할 수 없었기 때문이다. 병력을 지휘하던 장병익은 장갑차를 숭례문에 도열시켰다.

"출발!"

그렇게 전투지휘 차량을 선두로 병력이 숭례문을 통과했다. 도성 안은 바깥보다 더 많은 사람이 모여 있었다.

그런 인파의 중간을 당당히 행진하던 병력이 멈춘 곳은 광화문 앞이다. 장병익이 지휘 차량에 올라 소리쳤다.

"전체 병력, 오와 열을 맞춰 도열하라!"

광화문 앞은 육조거리로 한양에서 가장 넓다. 그 거리를 5,000여 명의 병력이 도열하니 도로가 꽉 찼다.

대진은 이때 대원군과 함께 국왕을 모시고 광화문 누각에 올라 있었다. 질서정연하게 늘어선 병력을 보며 국왕의 크게 탄성을 터트렸다.

"오오! 저게 정녕 훈국 병력이란 말인가? 과인이 보기에 완전히 다른 병력 같구나."

대원군도 거들었다.

"그러게 말이오. 정병이 될 거란 믿음은 있었지만 저 정도로 예기가 하늘을 찌를 줄 몰랐소이다."

"예, 맞습니다. 이 보좌관, 저 뒤에 도열한 병력이 경찰이겠구나."

"그렇습니다. 장차 포도청을 대신해 조선의 치안을 책임질 병력입니다."

"대단하구나. 경찰은 포청의 포졸에 불과한데 저렇게 군기가 엄정해졌어."

이때 장병익의 구령이 들려왔다.

"부대 차렷. 국왕 전하에 대하여 받들어총!"

"충! 성!"

모든 병력이 한목소리로 경례 구호를 외쳤다. 그 목소리가 대단해 대진도 감탄할 정도였다.

"전하, 손을 들어 답례해 주시면 됩니다."

그 말에 국왕이 얼른 손을 들었다.

"세워총!"

착!

모든 병력이 자세를 바로 했다.

대진이 조언했다.

"전하! 건의 드린 대로 한 말씀 하시지요."

국왕이 멈칫거리다가 앞으로 나섰다. 그런 국왕의 앞에는 마이크가 설치되어 있었다.

―과인은 너희들을 믿는다. 모든 장병들은 앞으로 과인과 조선을 위해 충성을 다해 주기 바란다.

놀랍게도 국왕의 목소리가 육조거리에 퍼졌다. 도열한 병력에게도, 몰려온 백성들에게도, 육조관아의 관리들에게도 그런 국왕의 목소리가 생생하게 들렸다.

조선에서 국왕의 목소리를 들을 수 있는 기회는 거의 없다. 그래서 모두들 놀랐는데 장병익이 두 손을 갑자기 번쩍 들었다.

"국왕 전하 만세!"

조선은 제후국이다. 그래서 천세를 연호해야 하는데 장병익이 만세를 외친 것이다. 그 때문에 모두들 잠깐 멈칫했으나 이내 모든 병력과 백성들이 두 팔을 번쩍 들며 외쳤다.

"주상 전하 만세!"

"대조선국 만세!"

"대조선국 만세!"

"만만세!"

"만만세!"

처음에는 누각의 대관들은 따라 하지 않았다. 놀란 나머지 서로의 눈치를 보느라 어찌할 줄 몰라 했다. 그러나 만세 소리가 이어지자 자신들도 모르게 두 팔을 번쩍 들며 함께 외쳤다.

만세는 모두 세 번에 걸쳐 아홉 번이 복창되었다.

만세 연호는 처음보다 나중으로 갈수록 소리가 커졌다. 그리고 마지막에는 모든 사람이 목이 터져라 외쳤다.

처음으로 한양에서 만세가 연호되었다.

훈국 병력은 훈련도감 병영에서 해산했다.

총기를 반납한 이들은 그동안 고생한 노고의 대가로 전원 3일의 휴가가 주어졌다. 그렇게 집으로 돌아가는 병력의 손과 등에는 포상으로 받은 고기와 쌀이 한가득 놓여 있었다.

병력을 해산시킨 장병익이 입궐했다. 편전에서 그를 맞은 국왕이 크게 환영했다.

"고생 많았습니다. 오늘 훈국 병력의 늠름한 모습을 보니 과인의 가슴이 벅차올랐습니다."

대원군도 치하했다.

"대단했소이다. 정병으로 거듭나고 있다는 사실은 알고 있었지만 그 정도로 대단할 줄 몰랐소이다."

"감사합니다."

영의정 홍순목이 질문했다.

"그런데 장병들이 처음 보는 총을 소지하고 있던데 어떻게 된 겁니까? 더구나 군화도 가죽으로 만든 것으로 보이고요."

장병익이 대진을 바라봤다.

"이 보좌관이 설명하게."

"그렇게 하겠습니다."

대진이 손짓하자 상선이 내관을 시켜 상자를 가져왔다. 편전으로 들어온 상자에는 소총 몇 자루와 군화가 들어 있었다.

대진이 소총을 먼저 들었다.

"이 소총은 우리 마군의 기술진이 군기시 장인의 도움을 받아 새로 제작했습니다. 지금 조선이 보유한 소총은 전부 화승을 사용합니다. 그뿐이 아니라 화약과 탄환을 별도로 장전하게 되어서 실전이 벌어지면 여러모로 불편한 점이 많습니다. 특히 비가 오면 사용이 거의 불가능하고요. 이 소총은 그런 단점들을 완벽히 보완해서 만들어졌습니다."

대진이 목형으로 만든 총탄을 들었다.

"이것이 총탄입니다. 어전이어서 실물을 가져오지 못하였으니 그 점은 양해를 바랍니다."

이때부터 소총의 작동 방법을 설명했다.

"서양에서 만든 소총은 무겁습니다. 그리고 길이도 길어서 키가 작은 우리가 사용하는 데 상당한 제약이 따릅니다. 반면에 이 소총은 우리 장병들도 쉽게 사용할 수 있을 정도로 가볍고 또 길이가 짧습니다."

마군이 개발한 소총은 카빈 형태였다.

독일의 마우저소총을 기본으로 만들었다. 마군은 처음 부품이 적고 오염에 강한 AK47소총을 개발하려 했다. 그러나 시대를 너무 앞선다는 문제 제기로 볼트액션 방식으로 만들었다.

덕분에 내부 구조는 쉽고 간단하게 설계되었다. 그리고 8발들이 탄창 클립을 장착할 수 있어서 반자동이 가능했다.

"……서양이 보유한 소총은 단발식입니다. 그래서 격발을 하고는 다시 한 발의 총탄을 장전해야 하지요. 그러나 이 소총은 8발 탄창을 총신에 장착할 수 있어서 연발사격이 가능합니다."

국왕과 대신들이 크게 놀랐다.

국왕이 소총을 이모저모 살폈다.

"그러면 이 소총이 우리 군의 제식소총이 된다는 말인가?"

"그렇습니다. 지금은 재료 수급이 원활하지 않습니다. 더구나 개발 기간도 있고 해서 그동안 1만여 정 정도밖에 생산을 못 했습니다. 그러나 금년 가을 서양에서 구입한 각종 공작기계가 들어와 무기 제작 공장이 정상 가동된다면 1년에 10~20만 정도 생산이 가능합니다."

편전이 크게 술렁였다.

"이 소총의 명칭은 평정소총입니다. 명칭은 국태공 저하께서 처음 백령도를 방문하셨을 때 지은 것입니다."

국왕이 크게 흡족해했다.

"평정소총이라니 이름이 아주 좋습니다."

대원군이 급히 나섰다.

"화포를 비롯한 다른 화기 생산도 문제가 없나?"

"대형 화기는 제철소가 가동되어야 제작이 가능합니다. 그러나 박격포 등의 소형 화기는 제작에 별 어려움이 없습니다. 그리고 가장 중요한 소모품인 총탄과 포탄 생산도 내년 봄이면 정상적으로 대량생산이 가능하고요."

좌의정 강로가 질문했다.

"마군에서 폭발력이 대폭 향상된 새로운 화약을 개발했다고 들었습니다. 그 화약도 대량생산이 가능합니까?"

"물론입니다. 극비 사항이어서 신형 화약의 위력에 대해서는 상세한 설명을 드리지 못하겠습니다. 하지만 기존 화약보다 훨씬 성능이 뛰어나면서도 대량생산이 쉽다는 점은 말씀드릴 수 있습니다. 특히 사격했을 때 화연이 거의 발생하지 않는 장점이 있습니다."

국왕의 목소리가 높아졌다.

"오! 그렇다면 사격 후 아군이 적에게 쉽게 노출되지 않겠군요."

"그렇습니다. 그래서 전투 중의 아군 생존 가능성이 대폭 늘어납니다."

"참으로 대단하군요. 화약의 성능이 뛰어나는 것도 놀라운데 아군의 목숨까지 보장해 줄 수 있다니요. 이 또한 화학공업(化學工業)의 결과겠지요?"

"그렇습니다. 앞으로 이번에 개발된 신형 화약을 모든 화기에 적용할 예정입니다. 그렇게 되면 전투력을 획기적으로 증대할 수 있을뿐더러 아군의 생존 가능성도 대폭 늘어나게 됩니다."

장병익이 거들었다.

"무엇보다 이 소총은 작동하기가 아주 간편합니다. 그래서 아무것도 모르는 보통 사람이라도 1시간 정도면 능숙하게 소총을 다룰 수 있습니다."

국왕이 크게 놀랐다.

"그게 정말이오? 우리가 보유한 조총은 활보다는 쉽지만 그래도 상당한 숙련이 필요합니다. 그런데 1시간이면 반시진이란 말인데 그렇게 짧은 시간 안에 소총을 다룰 수 있게 된다면 병력 양성은 시간문제 아닙니까?"

국왕의 말에 모든 사람들의 눈이 빛났다. 그런 기대감 어린 시선을 받으며 대진이 설명했다.

"저희들이 그동안 심혈을 기울여 훈국 병력을 초급 간부로 만든 이유가 바로 거기에 있습니다. 이번에 훈련을 마치고 초급 간부로 임관한 병력이 5,000여 명 됩니다. 그 병력은 최소 10명에서 40명의 병력을 지휘할 것입니다. 우리는 앞으로 그런 초급 간부들을 20,000명까지 확충할 예정입니다."

대진의 설명을 들은 홍순목이 중얼거렸다.

"그렇게만 된다면 수십만의 정병을 만드는 건 순간이겠구려."

"총만 쏜다고 해서 정병은 아닙니다. 정병이 되려면 적어도 반년 이상 훈련을 받아야 합니다."

그러자 홍순목의 입에서 놀라운 말이 나왔다.

"징병제도만 실시된다면 반년 이내에 수십만의 정병을 양성할 수 있다는 말이구려."

"그렇기는 합니다."

분위기가 후끈 달아올랐다. 국왕이 그런 분위기를 의식해 가며 한숨을 내쉬었다.

"후! 조금 전에는 많이 놀랐습니다. 우리 조선은 천세를 연호해야 하는데 갑자기 만세가 나와서요."

대진의 목소리가 높아졌다.

"우리 조선은 엄연한 자주국입니다. 비록 청국에 사대를 하고는 있지만 외교 관례에 불과합니다. 그런 우리가 제후국처럼 연호할 수는 없다고 생각합니다. 가까운 일본도 그렇지만 멀리 월남도 이미 오래전부터 외왕내제(外王內帝)를 하면서 독자적인 연호를 사용하고 있습니다. 이를 청국도, 명나라도 일찍이 알고 있는 사실이고요."

과거였다면 사대를 들먹이며 법도에 어긋난다고 난리를 피웠을 대신들이었다. 그러나 대진의 설명에 누구도 이의를 제기하지 않았다.

대진은 내심 흐뭇했다.

'학습효과가 대단하구나. 그동안의 정신교육 덕분에 생각 자체가 완전히 바뀌고 있어.'

이런 생각을 하며 대원군을 바라봤다. 때마침 대신들을 살피다가 시선이 마주친 대원군이 흡족한 미소를 지으며 고개를 끄덕였다.

그러던 대원군이 입을 열었다.

"이제 때가 된 것 같소이다. 우리 조선이 구태를 벗어나서 비상할 때가 말이오."

그 말에 편전의 분위기가 갑자기 변했다.

대원군이 심유한 눈길로 사람들을 둘러봤다. 그 눈길은 사람들의 몸이 절로 움찔해질 정도로 너무도 강렬했다.

그러던 눈길이 국왕에서 멈췄다.

"주상."

"예, 아버지."

"마군이 오고 나서 우리 생활은 놀랄 정도로 많이 바뀌었어요. 격변했다는 표현이 맞을 정도로 생각 자체가 바뀌었지요. 조정에 개혁도감을 설치되어서 마군과 함께 미래를 위해 많은 부분을 준비해 왔고요."

국왕도 인정했다.

"맞는 말씀입니다. 저 자신도 지난해와 지금의 사고가 바뀌었다는 사실에 놀랄 정도입니다."

영의정 홍순목도 동조했다.

"그렇사옵니다. 공자께서는 모르는 것은 아랫사람에게도 묻기를 부끄러워하지 말라고 하셨습니다. 그러나 우리는 세상과 담을 쌓고 오로지 우리만 옳다고 하는 미몽에 빠져 있었습니다. 세상이 어떻게 돌아가는지를 알려 하지도 않았고요. 이런 우리의 행동이 얼마나 어리석었는지를 마군이 오면서 알게 되었습니다."

이조판서 신응조(申應朝)도 나섰다.

"국태공 저하의 말씀대로 우리는 스스로가 놀랄 정도로 많이 바뀌었습니다. 마군의 도움으로 서양 제국이 얼마나 호시탐탐 우리 조선을 노리고 있는지도 알게 되었고요."

모두가 격하게 고개를 끄덕였다.

"특히, 간특한 일본이 어떤 흉계를 꾸미고 있는지도 낱낱이 알게 되었습니다. 그래서 우리는, 지난 1년여 동안 제대로 된 개혁을 추진하기 위해 각고의 노력을 기울여 왔습니다. 그리고 이제는, 그러한 노력이 결실을 맺을 때가 되었다고 생각합니다."

모두가 일제히 고개를 끄덕였다.

마군은 개혁 방식에 대해 고민이 많았다.

국정을 장악하고 있는 대원군을 앞세우면 개혁을 쉽게 추진할 수는 있었다. 그러나 일방적인 개혁은 반발 세력이 생겨날 수밖에 없었다.

정신적으로 무장된 반발 세력은 무력을 사용해야만 제압할 수가 있다. 물론 진압이 어려운 것은 아니다. 그러나 그런 와중에 국론이 분열되는 문제가 발생한다.

조선의 학자나 관리는 자존심이 유독 강하다. 이들을 개혁 반대파로 몰아 찍어 누른다면 두고두고 분란의 소지가 될 가능성이 높다.

그래서 고심 끝에 이들을 자발적으로 개혁에 참여시키기로 했다. 마군기획단은 그런 목적으로 인재개발원을 설립해서는 이들의 자존심을 최대한 살려 주면서 선진 지식을 전수해 왔다.

그럼에도 반발이 없지는 않았다.

유학과 기본사상이 다른 서양철학이나 문학에 대해서는 철저히 배척하려 했다. 그래도 무조건적인 배척은 없었다.

지속적인 동영상 시청과 마군의 선진기술을 직접 보면서 쌓인 지식 덕분이었다.

대원군은 부친인 남연군묘 도굴 사건 이후 철저한 척화파가 되었다. 그런 대원군이 이끄는 조정은 수구척화파가 장악할 수밖에 없었다.

그런데 조선에는 개화파가 의외로 많았다. 이런 개화파의 대부분은 젊은 신진 관리들이어서 조정에 대한 불만이 많을 수밖에 없었다.

개혁 성향의 신진 관료들은 당연히 조정이 바뀌기를 바랐다. 그리고 그러한 변화의 바람이 모이면서 대원군의 실각까지 모의하게 된 것이다.

그러다 상황이 달라졌다.

마군본부를 다녀온 대원군이 민씨 일족과 탐관오리들을 그대로 찍어 낸 것이다. 그러면서 시작된 조정의 환골탈태에 가까운 개혁은 젊은 관리들의 열렬한 지지를 받았다.

그러면서 시간이 흐른 지금.

대원군이 힘 있게 말을 이었다.

"주상, 이제는 우리 조정이 바뀌어야 할 때가 되었습니다. 가장 먼저 조정의 직제부터 바꿔야 합니다. 주상께서도 익히 아시겠지만 우리의 조정관제는 당나라의 제도를 본받은 것이외다. 그래서 현실과 맞지 않는 부분이 많아요. 그런 문제를 해결하려고 아문(衙門)을 계속 만들다 보니 조정관제가 기형적으로 변했고요."

모두가 알고 있는 내용이었다. 그렇다 보니 누구도 이 말
에 반대 의견을 내지 않았다.

대원군의 말이 이어졌다.

"관제를 개편해야 한다는 필요성은 오래전부터 갖고 있었
소이다. 그러나 천 년 이상 내려온 제도를 손봐야 한다는 두
려움이 많았지요. 자칫 잘못 손대었다가는 엄청난 국정 혼란
을 초래할 수도 있었으니까요."

홍순목이 거들었다.

"책임지지 않으려는 생각 때문에 개편을 못 한 경우도 많
았습니다."

"맞는 말씀이오. 그리고 어떤 식으로 개편해야 할지에 대
한 준비도, 역량도 솔직히 부족했고요. 그런데 다행히 마군이
그에 대한 해답을 가져왔소이다. 그래서 지난겨울부터 지금
까지 개혁도감에서 그 사안을 갖고 부단히 연구해 왔습니다."

국왕이 눈을 반짝였다.

개혁도감에서 추진하는 관제 개편은 수시로 국왕과 조정
에 보고되어 왔다. 그랬기에 국왕은 기대감을 갖고 그 결과
를 기다리고 있었다.

"드디어 결론을 도출했나 보옵니다."

"그렇습니다."

대원군이 대진을 바라봤다.

"이 보좌관, 개혁 방안을 주상과 대신들께 나눠 드리게."

"예, 저하."

대진이 가져온 서류를 꺼내 국왕과 사람들에게 돌렸다. 서류의 첫 장에는 '정부 조직 개편 방안'이란 글씨가 크게 쓰여 있었다.

대진의 사정을 설명했다.

"가장 먼저 조정이란 전근대적인 용어부터 정부로 바꿨습니다. 그래서 제목이 '정부 조직 개편 방안'으로 되었습니다. 우선 서류를 봐 주십시오."

모두가 서류를 펼쳤다.

"정부 조직 개편 방안은 그동안 수시로 보고되었습니다. 그래서 주상 전하와 대신들께서도 대강의 줄기는 알고 계실 것입니다. 가장 큰 줄기는 의정부와 육조가 발전적으로 해체됩니다. 그 대신 내각을 이끌어 가게 될 수상부가 신설되며 10개 부서도 신설됩니다. 수상은 총리로도 불리게 되며 신설된 부서의 명칭은 부(部)이며 장관은 대신(大臣)입니다. 그리고 10개 부서를 수상과 함께 분담 관리할 부수상 2명이 대신 중에서 임명됩니다."

홍순목이 확인했다.

"경제기획원 대신과 교육부 대신이 부수상을 겸직하게 되는 거군요?"

대진이 대답했다.

"그렇습니다. 10개의 부서는 각각의 특성에 맞게 원, 부, 처로 분류했습니다. 그리고 특임 사무를 처리하는 기관으로 각 부에 외청(外廳)을 두며 통계청, 국세청, 검찰청, 경찰청 산림청 등이 여기에 해당됩니다."

대진의 설명은 한동안 이어졌다.

"……이상입니다."

대원군이 바로 말을 받았다.

"지금까지 보고받았던 사항과 크게 다르지 않을 거외다. 새로운 정부 조직은 지금의 조정보다 2배 이상 늘고 내국도 대거 신설되면서 관리의 숫자가 대폭 늘어납니다. 그렇게 관직이 늘어나면 지금처럼 몇 개 되지 않은 관직을 차지하기 위해 고심하지 않아도 되오이다."

모든 대신들이 크게 흡족해했다.

관직이 늘어나는 것을 싫어하는 관리는 없다. 더구나 지금까지는 부서도 적고 부서의 관리도 십여 명에서 많아야 이삼십 명에 불과했다.

이는 직계아문과 속아문도 마찬가지여서 관직 임용은 늘 정쟁과 이전투구의 대상이었다. 그로 인한 비리는 차고 넘쳤다.

그런데 새로운 정부 조직은 부서도 2배 이상 늘었지만 관직의 숫자가 몇 배나 늘어났다.

늘 자리가 부족했던 임시직의 관리로서 희소식이 아닐 수 없었다. 그래서 정부 조직이 개편된다는 소식에 전·현직 관리들이 큰 호응을 해 왔다.

대원군의 설명이 이어졌다.

"그동안 새로운 정부의 전문성을 높이기 위해 전 · 현직 관리들을 지속적으로 교육시켜 왔소이다. 그리고 마군에 소속된 건설 회사의 노력으로 광화문 앞에는 각 부가 사용할 건물이 완성을 앞두고 있소이다. 이런 준비 덕분에 지금 당장 새로운 내각을 출범시켜도 될 정도가 되었습니다."

국왕이 크게 고개를 끄덕였다.

"격세지감입니다. 청국은 20여 년 전부터 '양무운동(洋務運動)'을 추진해 왔습니다. 일본조차도 10여 년 전부터 '어일신(御一新)'이란 이름하에 유신 개혁을 추진하고 있고요. 거기에 비하면 우리는 늦어도 많이 늦었습니다."

국왕이 놀랍게도 청국과 일본의 예를 들고나오면서 적극적인 지지를 표명했다. 이 또한 동영상을 포함한 대진의 지속적인 교육 덕분이었다. 국왕이 찬성하자 편전의 대신들이 만장일치로 정부 조직 개편에 찬성했다.

드디어 조선 개혁이 본격화되었다.

대진은 가슴이 벅차올랐다.

'그래, 바로 이거야. 조선인 스스로가 개혁의 필요성을 인식하고 그걸 실행에 옮겼어. 우리는 이런 조선인들과 보조를 맞춰 가기만 하면 돼. 물론 잘못된 길을 가면 바로잡아 줘야겠지만, 우리가 엄존하는 한 그런 일은 없을 거야.'

장병익은 정치에 관여하지 않았다.

본래부터 군이 좋아서 조선에 와서도 조선군의 개혁에만 전념해 왔다. 그런 그도 편전의 모습을 보면서 만감이 교차되었다.

'가슴이 먹먹하구나. 이렇게 일치단결해서 개혁을 추진한다면 이루지 못할 일은 없을 거야.'

그때 대원군이 장병익의 생각을 깨트렸다.

"장 장군."

"예, 국태공 저하."

"장 장군이 보기에 정부 조직 개편과 함께 군의 조직 개편을 함께 추진할 수 있겠소?"

장병익이 고개를 저었다.

"군의 전면 개편은 아직 불가합니다."

대원군이 아쉬워했다.

"역시 지방 수령들이 문제란 말이구려."

"그렇습니다. 이번에 정부 조직이 개편되면 법원과 검찰, 경찰청이 들어서게 됩니다. 그러면서 지방 수령들의 권한 중 사법권과 치안 방범권이 없어지게 됩니다. 아마도 지방 수령들이 느끼는 상대적인 박탈감이 상당할 것입니다. 그리고 국가 방위를 위해서라도 지방 수령들이 당분간은 군권을 유지하는 것이 좋습니다."

대진도 거들었다.

"지방 수령의 군권 회수는 언젠가는 정리해야 합니다. 하지만, 아직은 시간이 필요합니다. 우리는 모두의 중지를 모아 가며 개혁을 추진하고 있습니다. 그래서 중앙 조직 개편도 1년 가까운 시간을 들여 중론을 모아 왔고요. 지방 개편도 마찬가지 중지를 모으며 추진해야 합니다. 군의 개혁은 초급 간부 양성이 우선입니다."

홍순목도 거들었다.

"지방 수령의 군권을 회수하려는 시도는 국초에도 있었습니다. 아쉽게도 지방 수령들의 반발이 너무 심해 포기해야 했습니다. 지금은 그때와 사정이 많이 다르기는 합니다. 그러나 지방행정 개혁은 상당한 위험을 안고 있는 일이기에 하나씩 추진하는 것이 좋을 듯하옵니다. 더구나 지방 아전들의 처리도 아직 결정되지 않은 점도 있사옵니다."

대원군도 인정했다.

"맞는 말씀입니다. 지방행정을 전면 개편하려면 아전 문제를 반드시 처리해야 하지요. 알겠습니다. 우선은 지방 수령의 치안 방범과 사법권만 우선적으로 회수하지요."

대진이 하나를 꼭 짚었다.

"조세제도도 새로운 제도에 맞춰 국세와 지방세가 확실하게 구분되어야 합니다."

"그 점도 분명하게 짚고 넘어가세."

다음 날.

조보(朝報)는 승정원에서 매일 발간한다.

조보에는 상소문이나 조정의 인사이동 등 다양한 기사를 게재된다. 매일 발간하는 조보는 책 1면 정도 크기의 필사본으로 제작된다.

그런데 이날의 조보는 달랐다.

조보의 크기가 대폭 커졌다. 여기에 필사본이 아닌 인쇄본이었으며 색체까지 입혀져 있었다.

조보는 마군에서 특별 제작했으며 내용은 정부 조직 개편 방안이었다. 이런 조보가 처음으로 한양의 주요 지역에 부착되면서 사람들을 놀라게 했다.

특히 사람들이 많이 모이는 광화문 앞은 인산인해를 이뤘다. 모여든 사람 중 다수는 관리들이었으며 이들은 하나같이 기대감을 표현했다.

"이야! 대단하구나. 직능 교육에서 개편된다는 말은 들었지만 이건 완전히 새판이 짜졌어."

"그러게 말이야. 달라져도 너무 달라졌어."

"그런데 주상 전하께서 사법권을 이렇게 쉽게 내각에 일임하실 줄은 몰랐어."

"마군의 제안을 받아들이셨기 때문일 거야."

"맞아. 인재교육원의 직능 교육을 담당했던 교수가 그런 말씀을 했었어."

"마군 출신 교수께서는 재판권은 인권에 관한 일이어서 극히 중요한 통치 행위라고 했잖아."

누군가 동조했다.

"맞아. 그래서 행정권에서 재판권이 독립되어야 한다고 했지. 그리고 법을 전문적으로 공부한 법관만이 양심에 따라 판결해야 한다고 강조했었지. 그런 원칙을 주상 전하와 국태공 저하께서 전폭적으로 받아들이시면서 이번에 법원이 새로 설립된 거야."

모든 관리들이 고개를 끄덕였다.

관리들은 인재교육원에서 직능 교육을 포함한 다양한 교육을 받았다. 그랬기에 권력 분점에 대해서도 자연스럽게 의견을 내고 있었다.

그리고 얼마 후.

개혁의 거보가 하나 더 내디뎌졌다.

9장

　정부 조직 개편은 빠르게 진행되었다.

　이미 많은 준비가 된 상황이었기에 혼란도 거의 없었다. 관리들의 사전교육이 완료되어 있어서 부서에 배치되는 것과 동시에 바로 업무를 시작할 수 있었다.

　이번 개편을 보면서 사람들은 놀랐다. 국왕이 자신의 고유 권한을 대폭 내각에 위임했기 때문이다.

　이전에는 의정부와 의금부, 사헌부 등 많은 아문이 국왕의 직계아문이었다. 그런 권한을 감사원과 몇 개의 부서를 제외하고는 전부 내각으로 이관한 것이다.

　새로운 정부는 내각부서가 강력한 권한을 보유하게 되었다. 내각 대신이 일정 직급 이하의 인사권까지 보유하게 되었다.

그렇다고 모두 내려놓지는 않았다.

군권은 이전보다 더욱 강력해졌다.

군제가 개혁되고 통치권이 일원화되면서 국왕의 군에 대한 지배력이 절대적으로 변했다. 사면권과 긴급체포권도 여전히 국왕이 갖게 되었다.

수상과 내각 대신, 법원의 판사와 5급 이상 관리에 대한 임명과 해임 권한도 여전했다. 감사원은 내각과 법원 사무를 언제라도 감사할 수가 있었다.

그럼에도 일반 국정 업무는 그 권한이 내각에 대폭 위임되었다. 가히 권력 분점이란 말을 해도 하등 이상하지 않을 정도였다.

경천동지라는 말이 어울릴 만한 변화였다.

변화의 중심에는 단연 재판권을 갖게 된 법원의 신설이 있었다. 감사원과 검찰, 그리고 경찰은 이전에도 비슷한 권한을 갖는 조직이 있었다.

그러나 법원은 아니었다.

법전 운영이나 전문 실무는 지금까지 형조에 속한 율학청(律學廳)이 관장했다. 율학청의 실무는 종6품에 불과한 율학교수와 명률, 심률 훈도, 검률 등 7명이 전담했다.

여기에 율학생도 40명을 두어 이들로 하여금 법을 연구하게 했다. 이 율학생도들이 율과(律科) 취재를 통해 율관이 되었다.

조선에서 성리학 이외에는 모두 잡학이었다. 하다못해 같은 유학이라도 학파가 다르면 이단으로 탄압되었다.

그런 조선에서는 생명을 다루는 의학도, 사람의 삶을 다루는 법학도 그저 하나의 잡과일 뿐이었다.

그런데 이번에 달라졌다.

법원이 설립되면서 율학 관리와 율관, 율학생도가 전부 법원으로 옮겨 갔다. 그러나 중인들인 이들이 곧바로 판사가 되지는 않았다.

그 대신 이들에게 길이 열렸다.

"이보게, 김 훈도(訓導). 이번 가을에 처음 치러지는 사법시험을 볼 건가?"

"당연히 봐야지. 이번이 첫 회이고 또 우리 같은 율관에게는 특별 혜택도 주어지잖아. 그러는 이 검률(檢律)은 어떻게 할 건가?"

"나도 시험을 볼 생각인데 새로 재정된 법률이 너무 어려워서 합격할지 걱정이야."

두 사람은 율학청의 정9품과 종9품이었다.

율학훈도도 걱정했다.

"그러게 말이야. 경국대전과 속대전이면 토씨 하나 틀리지 않고 외울 수 있는데, 신법은 문구 자체도 어려워. 특히 새로 제정된 민법은 영 이해가 되지 않아."

"그건 나도 마찬가지일세. 그래도 지난 반년 동안 죽으라고 공부했으니 기대해 봐야겠지?"

검률이 고개를 저었다.

"후! 쉬운 일이 아니야. 평생 법률을 공부해 온 우리도 이런데 다른 사람들은 어떻게 헤쳐 나갈지 걱정이야."

율학훈도가 위로했다.

"너무 걱정할 필요는 없네. 법원에는 판사만 있는 것이 아니잖아. 일반 관리직도 1급 관리관까지 승진할 수 있으니 과거와는 다르잖아."

검률이 크게 고개를 끄덕였다.

"그건 맞아. 달라져도 많이 달라지기는 했어. 그렇지만 법원의 별은 판사잖아."

"그건 그래."

"전·현직 율학 교수님들과 명률님들 중 많은 분들이 지난번에 치렀던 시험에서 합격해 판사로 임용되었어. 그걸 보면서 얼마나 피가 끓었는지 몰라. 자네도 그러지만 우리 율관들은 법률 지식이라면 누구에게도 뒤지지 않을 자신들이 있잖아."

율학훈도가 크게 고개를 끄덕였다.

"옳은 말이야. 나도 자격이 되는 올가을의 시험에는 꼭 합격하고 싶어. 그런데 아쉬운 일이 하나 있네."

"무엇이 말인가?"

"기왕 법원이 만들어졌으면 법률을 전공한 사람들만을 임용해야 하잖아. 그런데 조정 관리 중에서 급제자들의 전직이 허용되었잖아."

검률이 고개를 저었다.

"맞아. 나도 그게 아쉽기는 해. 그러나 어쩌겠나. 우리가 이해를 해야지. 지금까지 우리들은 그저 기술직으로 취급받아 왔잖아. 율학청의 관직도 거의 세습되다시피 이어지면서 법률을 전문적으로 공부해 온 사람도 우리뿐이었고."

"그렇기는 하지."

"그래서 과거를 급제한 관리들을 판사로 임용할 수밖에 없었을 거야. 그리고 그렇게 판사에 임용된 분들도 주기적으로 시험을 치러서 인원을 걸러 낸다고 했으니 기다려 봐야지."

그 말에 율학훈도가 부쩍 의욕을 냈다.

"그래, 우리도 노력해 보세. 이번 사법시험부터는 누구나 응시할 수 있게 되었잖아. 그런 사시에서 평생 법을 전공한 우리가 떨어질 수는 없지."

"옳은 말이야."

조선에서 법을 전담하는 율관은 다른 기술직과 마찬가지로 승진이 제한되어 있었다. 율학청은 형조의 아문으로, 율관의 지위도 종6품 율학교수가 끝이었다.

그러다 법원이 설립되고 수장인 대법원장이 수상과 동격이 되면서 사정이 달라졌다. 판사가 아니어도 법원 사무직의 최고 관직이 1급까지 대폭 상향되었다.

조선에서 율과를 거친 전·현직 율관들은 100여 명에 불과했다. 마군은 지난 반년 동안 이들에게 새로운 법률을 연구하게 했다.

그런 뒤 특별 시험을 통해 성적우수자를 법관으로 채용했다. 그리고 남은 율관들은 전국 각 법원의 일반 관리직이 되었다.

그래서 과거 출신자를 법관으로 받아들였다. 그 대신 반드시 일정 기간 안에 법률 시험을 통과해야 한다는 단서를 달았다.

그럼에도 전·현직 관리들이 대거 지원하며 법관 필수 인원을 채웠다.

이렇듯 법원은 출범부터 많은 관심을 끌고 있었다.

지위가 상승한 전문직은 또 있었다.

조선에서 의원은 중인이다.

이들 중 일부는 잡과에 합격해 의관이 되기도 한다. 의관 중 일부는 공을 세워 최고의 품계를 받기도 하지만 이는 극히 예외다.

조선은 백성들의 의약과 치료를 위해 혜민서(惠民署)와 활인서(活人署)를 두었다. 이들 중 혜민서는 신분이 비교적 높은 사람을, 활인서는 일반 백성이나 빈민을 구제해 왔다.

그러나 활인서는 재정난 때문에 1709년 혜민서로 통폐합

되었다. 그 바람에 일반 백성과 빈민들은 병이 나도 치료를 받기가 더 어려워졌다.

마군이 조선에 와서 가장 먼저 전국 주요 도시에 도립 병원을 개원했다. 그리고 어명으로 전국의 의원들을 모아서 의료 교육을 실시했다.

제7기동함대에는 각 함마다 군의관들이 승선해 있었다. 특히 기함인 백령도는 600병상을 운영할 수 있는 시스템을 갖추고 있었기에 군의관도, 병과도 별도로 있었다.

이들은 의무병의 도움을 받아 조선의 의원들을 교육시켰다. 군의관들은 가장 먼저 위생과 병원균의 개념부터 가르쳤다.

조선 의원들의 위생관념은 전무했다.

의원이 병자를 보는데 손도 씻지 않는다. 환부를 만지던 손으로 다른 병자의 환부를 거침없이 만진다. 사용했던 침을 그대로 다른 환자에게 사용하기까지 한다.

마군은 의원들에게 위생이라는 개념부터 가르쳤다. 그러면서 현미경을 이용해 병균은 물론 병의 발병 원인과 다양한 기본 지식을 전파했다.

처음에는 의원들이 이해를 못 했다.

조선의 의원들이 알고 있는 개념과는 마군의 의료 체계가 너무도 달랐기 때문이다.

그런 의원들을 상대로 마군 의료진은 성실하게 새로운 의학 지식을 전수했다. 첨단 의료 기자재 등을 시연해 보이기도 했다. 처음에는 마지못해 따라오던 의원들도 생전 처음 보는 주사기나 영상 기계 등을 보고는 껌뻑 넘어갔다.

아집에 쌓인 의원도 많았다.

이들은 자신의 의술이 최고라며 기본 개념조차 인정하지 않으려는 경우가 있었다. 마군은 그런 의원들에게는 두 번의 기회를 준 뒤 가차 없이 쫓아냈다.

그러고는 의료행위를 절대 하지 못하도록 엄금해 버렸다. 이런 일이 이어지며 의원들은 의료 교육이 단순하지 않다는 사실을 알게 되었다.

마군 의료진은 몇 번의 시험을 치렀다. 시험에 합격하지 못하면 두 번씩의 기회를 추가로 주었다.

그럼에도 불구하고 계속해서 떨어지는 의원들은 퇴출과 함께 의료행위를 금지시켰다. 그리고 시험에 합격한 의원에게만 자격증을 주었다.

조선은 의원을 공인해 주지 않았다.

그래서 누구든 의료 지식이 부족해도 의원 행세를 할 수 있었다. 그 바람에 사이비 의원들이 판치고 있었으며 의료사고도 빈번하게 일어났다. 그랬기에 병이 나면 치료보다 좋은 의원을 만나는 일이 더 문제가 되었다.

마군은 이런 문제를 예방하기 위해 의원들을 모두 불러들였다. 그리고 최소한의 기본 지식이라도 습득시키고서 의료행위를 하도록 만들었다.

그리고 더 큰 목적이 있었다.

한양의 혜민서(惠民署).

혜민서는 국립 병원으로 이름이 바뀌었다. 그런 혜민서는 평상시에도 늘 환자로 북적인다.

그런데 이날은 날도 밝기 전에 백성들이 끝도 없이 몰려왔다. 바로 천연두를 처음 접종하는 날이었기 때문이다.

"줄을 서시오."

인파가 몰리면서 경찰까지 동원되었다.

이전이라면 포도청의 포졸들이 육모방망이를 들고 설쳤다. 그러나 경찰은 최대한 정중하게 백성들을 인도했다. 그럼에도 포졸들의 서슬을 기억하는 백성들은 경찰의 지시에 급히 줄을 바로 섰다.

경찰관 중 한 명이 근무에 열심이었다.

"예, 잘하고 계십니다. 여러분이 줄을 잘 서셔야 일이 빨리 진행됩니다. 그러니 절대 줄을 흐트러트리지 마세요."

이때 양반 복장의 사내가 휘적거리며 앞으로 나왔다. 그리고 경찰을 아래위로 훑어보더니 거만한 목소리로 입을 열었다.

"어험! 나는 북촌에 사는 홍가라고 한다. 나 같은 양반이 천것들의 뒤에 설 수는 없는 법이다. 허니 나부터 줄을 새로 만들도록 하라."

경찰이 단호히 대답했다.

"그건 안 됩니다. 저기 포고문에서 나온 대로 누구든 예외

없이 줄을 서야 합니다."

양반이 호통을 쳤다.

"네 이놈! 하찮은 경찰 놈이 감히 양반에게 안 된다는 말을 하다니! 네놈이 정녕 치도곤을 맞아야 정신을 차리겠느냐?"

양반이 억지를 부렸다. 과거였다면 이런 억지가 통했다. 그러나 지금은 새로운 시대이고, 더구나 경찰은 이전의 포졸이 아니었다.

경찰이 경고했다.

"그대가 아무리 양반이어도 안 되는 것은 안 됩니다. 그리고 나는 지금 공무를 수행 중인데 그런 나에게 욕설하는 건 공무집행방해에 해당됩니다. 지금까지는 몰라서 그러신 거라고 이해하겠으니 더 이상 억지를 부리지 말고 뒤로 가세요."

그 말에 양반의 얼굴이 시뻘게졌다.

"네 이놈! 감히 천한 상것 주제에 양반에게 이런 모욕을 주다니. 네놈이 정녕 죽고 싶은 게로구나!"

양반이 길길이 날뛰었다. 그러자 경찰이 옆구리에 차고 있던 육모방망이를 꺼냈다.

"마지막으로 경고합니다. 공무집행방해죄와 모욕죄로 체포될 수 있으니 그만하고 뒤로 가세요."

양반이 분기를 참지 못하고 욕을 했다.

"야, 이 개쌍놈의 새끼야. 네놈이 같잖은 경찰이 되더니 눈에 보이는 게 없는 모양이구나. 뭐! 쌍놈이 양반인 나를 뭐

어쩌고 어째?"

욕설을 퍼붓던 양반이 와락 달려들었다. 경찰은 양반이 멱살을 잡으려고 할 때 몸을 틀고는 그대로 육모방망이를 내려쳤다.

다음 권으로 이어집니다

천하무적 운가장

운천룡 신무협 장편소설

사상 최강의 양손투수

RAS 스포츠 장편소설

천둥 같은 좌완 파이어볼러
지진 같은 우완 언더핸드
양어깨로 펼쳐 내는 불꽃 컬래버레이션!

30대 중반 데뷔, 3회 연속 사이 영 상 수상
대기록의 소유자, 불굴의 천재
그러나 마음속 한구석에 꿈틀거리는 거대한 아쉬움

조금만 더 일찍 도전했더라면……

미련의 절정에서 19세로 회귀했다?
이제 양어깨에 양키스의 명운을 진 채
다시 한번 로열로드를 걸어간다!

믿어라, 그리하면 신이 강림할지니
스위치 피처 김신金信의 투수신投手神 등극기!